凄腕IT社長は、初心な女子を囲い込んで独占したい

加地アヤメ

Vanilla文庫Miel

凄腕IT社長は、初心な女子を囲い込んで独占したい

目次

イラスト／黒田うらら

第一章　パンが好き

朝ご飯はご飯派？　パン派？　と訊《き》かれたら、私——武林萌乃《たけばやしもえの》二十八歳——は迷わずパン派と答えるだろう。

食パンならバターがたっぷり染みたトーストが一番好き。あ、でも、サンドイッチも好き。玉子をたっぷり挟んだ玉子サンドも好きだし、あんことバターが挟まったあんバターサンドも好き。

——でも今朝の気分は……この前通販で買った、手作りマーマレードジャム！

トースターでほんのり色づく程度に焼いた食パンに、マーマレードジャムを惜しげもなく載せ、ばくっと食らいつく。

「うっまー！」

トーストした角食《かくしょく》パンが美味《おい》しいのはいつものことだが、今朝のパンはマーマレードジャムとの相性が抜群にいい。

しばらく咀嚼《そしゃく》しながらうっとりした。

「この組み合わせ最高……」

このマーマレードジャムは甘いだけでなく、皮の部分は少々のほろ苦さもある。でも、それを一緒に食すことで甘さと苦さ、食パンの風味が合わさって最高のハーモニーを奏でるのだ。

そしてここに淹《い》れ立《た》てのコーヒーが加わる。そのままでも美味しいけれど、私は敢《あ》えてミルクを入れてまろやかにするのが好きだ。

「はあ……美味しい……」

朝からこんなに幸せな気分になっていいのだろうか。でも美味しい朝食は今日一日頑張る為《ため》の、私にとってはある意味儀式のような、なくてはならない時間なのだ。

「さてと……準備しなきゃ」

もちろんいつまでもパンの美味しさに浸っているわけにはいかない。食べたものを片付けながら、出勤準備を始めた。

ちなみに今はまだ朝の七時前。私の場合、勤務先の就業時間が早いので、出勤時間も早いのである。

長い髪を一つに束ねて、いつも使っているショルダーバッグを肩にかけてワンルームマンションを出た。

私が住んでいるのは六階建てのマンションの三階。住んでいるのは私のような独身者や近くの大学に通う学生さんとおぼしき人が多い。

数年住んでいると同じ階や長く住んでいる人とはすっかり顔見知りになり、最近ではすれ違うたびに挨拶も交わすようになった。お隣さんの女性とはお土産《みやげ》の交換なんかもするし、なかなかいい環境だと思っている。

そうだ。挨拶をするといえば、もう一人いるな。

いつも私がマンションから駅までを小走りで向かっていると、あるときは私の進行方向からこちらに向かって、またあるときは私の背後から駆け抜けていく人がいる。

今日は……正面からだ。

向こうから走ってくる姿が見えると、自然と顔が緩んでしまう。

「おはようございます」

「おはようございます」

ばちっと目が合った瞬間に、相手が頭を下げ声をかけてくれた。

——今日も会えた。ラッキー……

ほくほくしながら肩越しに振り返る。蛍光グリーンの鮮やかなパーカーに黒のハーフパンツ、という格好の男性はおそらく二十代。顔もパッと見た感じイケメンぽいのだが、いつもサングラスをしているせいで、その顔はまだ拝めていない。

——身長も高くてすらっとしてるし、スーツなんか着たら絶対似合うだろうなあ……。

彼に遭遇するたび勝手に想像してにやついている私は、傍から見たらちょっと怪しい人かもしれない。

それはきっと、ここ数年私自身、異性との関わりが仕事以外で皆無だからだ。どうか許してほしい。

――ほんっっと、接客する以外に男性との関わりがないのよね～。

学生時代もそれほど仲の良い男性はいなかったし、前職では同期がほぼ女性で、僅《わず》かにいた男性の同僚とは、挨拶と業務に関する会話以外したことがなかった。

別に今すぐ彼氏がほしいとか、異性との出会いを求めたりはしていない。けれど、出勤時にあの男性と遭遇し挨拶を交わすことは、私にとって密《ひそ》やかな楽しみの一つとなっていたのだった。


職場は最寄り駅に併設された駅ビルの一階にある。徒歩のみで通えるのもポイントが高いが、それよりももっと私にとって最高なのは、ここがベーカリーだということだ。

「おはようございます」

社員用通用口のドアを開けると、今焼いているパンの香りがふわりと漂ってくる。この香りを嗅ぐと、今日も一日頑張ろうという意欲が漲《みなぎ》ってくるのだ。

勤務しているのは、都内に数店舗展開しているベーカリーチェーン。この店舗は駅ビルにあるため、出勤途中や通学途中の人などがよく利用してくれる。パンの種類は豊富で、サンドイッチから菓子パン、季節のフルーツを使用したデニッシュや、フルーツサンドにパイ。もちろん角食や山食《やましょく》、カンパーニュにバゲットやバタール、ベーコンエピなどのハード系も並んでいる。

セントラルキッチンで作っているパン以外は、店に併設された製造室で作っており、焼き上がり時間を把握しておけば、できたてを買うことができる。

勤務先とはいえ、たまに仕事を忘れて本気で買って帰ろうと思う商品もある。それもそのはず、元々は私自身がこの店のファンであり、常連だったからだ。

前職は事務職だったが、少々疲れ気味のときにこの店のパンと出会い、通っているうちに正社員募集の求人を見つけ、ピンときた。すぐ応募し、面接を経て運良く採用され今に至る。

――あれはきっと、運命だったと思う。そうとしか考えられない。

事務室で店のユニフォームに着替えたら開店準備を始める。数人いるホール担当と仕事を分担するが、今日の私の担当はレジの立ち上げ。無事に立ち上げたらできあがったパンを所定の位置に並べて開店時間を待つ。

店の内装はカントリー調で、腰板などを使って木の温《ぬく》もりが溢《あふ》れる空間になっている。開店の数分前には数人のお客様が並んでくださった。それに感謝しつつ時間を確認し、開店時刻と同時に自動ドアを開けて迎え入れた。

「おはようございます。いらっしゃいませ」

真っ先に入ってきてくれたお客様は超常連のサラリーマン。いつも会社に行く前にここに寄り、お昼に食べるサンドイッチやパンを購入していかれる。それから間を置かず来店された高齢の女性も常連様だ。いつも家で食べる食パンを買ってくださる。毎回　角食を買っていかれるのだが、今日は気分を変えて山食《やましょく》を選んでくださった。

「もちもちも好きなんだけど、たまにはサクサクの食感もいいわよねえ」

「わかります～。私もどっちも好きです」

常連様と会話を交わすと自然に笑顔になる。この瞬間が大好きだ。

開店から二時間くらいは慌ただしい時間が続くが、それが落ち着くと少々まったりした時間が訪れる。この隙に商品を補充したり、交代で休憩をとったりする。

お昼はスタッフによってまちまちで、店のパンを社割購入して昼食にする人もいるし、自前の弁当を食べる人もいるし、近くの定食屋やラーメン屋、うどん屋に飛んでいく人もいる。

私は元々パン好きだが、さすがに三食パンは無理だ。お昼は節約も兼ねて自作の弁当を食べたり、近所のリーズナブルなうどん屋に行くことが多い。今日は昨夜の夕飯の残りのはんぺんを焼いて、冷凍しておいた明太子《めんたいこ》を焼いて入れただけのお弁当を作ってきた。ご飯と明太子があればほぼこれだけで一食いける。ただ、絵面がものすごく地味というか殺風景になるので、ここに茹《ゆ》でたブロッコリーを入れたり、スーパーで購入したお惣菜《そうざい》の佃煮《つくだに》なんかを入れて色彩のバランスをとっている。

昼食を食べ終えたらまた店に出て、パンを並べたりレジに入ったり。たまにテイクアウトのドリンクを注文してくださる方もいるので、そのドリンクを作ったり。そうこうしているうちに終業時間を迎えた……のだが。

「武林さん、ごめん。遅番のパートさんが怪我《けが》しちゃったらしくって、今日休みだって。もう少しお願いできる？」

「あ、はい。いいですよ」

昼前からシフトに入っている店長に呼び止められ、急遽《きゅうきょ》欠勤したパートさんの代わりに残業することになった。いつもよりも遅い時間まで勤務し、遅番の社員とアルバイトさんにあとを任せ仕事を終えた。

うちの店は夜の七時まで営業しているのだが、閉店の一時間前になると残ったパンを値下げして売ることがある。もちろん値下げせず、パンが全て終了してしまう日の方が多いのだが、この日は昼間の客足が穏やかだったためか、普段よりも多めのパンが余っていた。

値下げしても残ってしまった場合、いくつかをまとめ、お買い得パンとして翌日店に出すこともある。しかし、サンドイッチなど日持ちしないものは、翌日店に出すわけにいかないので、当然廃棄になる。

「じゃ、私、これ買います」

残っていたサンドイッチを安値で購入し、尚且《なおか》つハード系のパンもいくつか買って、今夜の夕飯にしようとホクホクで帰路についた。

固いバゲットやバタールは厚めにカットして牛乳や卵、砂糖を入れた液に漬け、フレンチトーストにするつもりだ。

——卵あったよね。あと、香り付けのバニラエッセンス……メープルシロップも……

必要な材料を頭に浮かべながら、必要なものだけを買いにスーパーに立ち寄った。買い物袋を持って帰路に就く。

人通りの多い駅周辺から、住宅街に近づくにつれ徐々に人もまばらになる。周囲を見回せば、歩いているのは帰宅中のサラリーマンやＯＬ、買い物帰りの主婦や学生さんがほとんど。いつもと変わらない帰り道だけど、今日は背後から近づく足音がある。コツコツと、革靴が奏でる足音のようなもの。

——駅を出てからずっとなんだよねえ……たまたまかな～。

帰り道がたまたま同じなら仕方ない。だけど、そうじゃなかったら？　もし、怪しい人だったら？

こういうときって、どうしても思考が悪い方へ行ってしまう。

――もしマンションまでついてこられたらどうしよう……一番近い交番に飛び込むか、叫ぶか……？　でも、一番近い交番って結構距離があるよね。

スマホを取り出し、地図アプリで交番を検索する。一番近くでも、歩いて十分はかかる。これじゃとっさに飛び込むのは無理だ。

――じゃあもう、いつでも通報できるようにスマホを握っておくしかない……

でもそんなことを考えている間に、その足音がどんどん近づいてくる。

えっ、嘘《うそ》、と戸惑っていると、その足音が私を追い越さんばかりにスピードを上げ、隣に並んだ。

「こんばんは」

――えっ。

挨拶に拍子抜けしつつ、隣の男性を見上げる。

私の隣にいるのは若い男性で、スーツを着たサラリーマンのようだった。怖いお兄さんとかおじさんではなかったことに激しく安堵《あんど》する……が、今度は別の意味でドキドキした。

男性がとびきりイケメンだからだ。

それに、こんなふうに挨拶してくれるような人、私の周りにいたっけ？

「こ……こんばんは……」

「朝以来ですね」

思わず真顔になる。

真横にいる男性は、百六十センチくらいの私が見上げるほどの高身長。

目は綺麗《きれい》なアーモンドアイ。鼻筋の通った高い鼻に、薄い唇。それらが絶妙な配置で収まった顔は小さめで、すらりとしたスタイルの良さを際立たせている。

ただでさえイケメンなのに、スーツをきっちり着こなしていることでイケメン度がアップしている。これほどかっこいい男性は、身近にいないので緊張してしまう。

——こんな人に見覚えなんかまるっきりないんですけど。

しかし、笑顔で私の反応を窺《うかが》ってくるところを見ると、どうやら相手は私のことを知っている様子。

——もしかしてお店の常連さん……？　でも、それならわかるはずなのに……こんなイケメン、店でもあまり見ないし。

一向に情報が出てこない自分がもどかしい。

相手を見上げたまま言葉を失っていると、そんな私を見かねてか男性があれ？　と困り顔になる。

「もしかしてわからないとか？　あ、……それもそうか……じゃあ、これならどうです？」

男性が胸元のポケットからサングラスを取り出し、それをかけた。

その瞬間、私の中である男性が候補に浮かび上がった。

「えっ、ああっ？　もしかして、朝の……？」

人に指を差してはいけないのは知っているが、つい指で相手を差してしまう。

恐る恐る言葉を発する私に、男性の口が弧を描く。

「正解」

サングラスをかけて微笑《ほほえ》んでいるこのイケメンは、私が出勤時に遭遇する男性だった。

いつもはランニングウエアを着ているせいか、スーツだと全く誰なのか思い浮かばなかった。でも、サングラスをかけた顔でようやくわかった。

誰なのか判明したのはよかったし、スッキリした。でも、これまで挨拶しか交わしたことがない関係なのに、なぜこの人は声をかけてきたのだろう。

一応私にも警戒心というものがある。

この人が私になんの用？　と窺っていると、相手に思っていることが伝わったのだろうか。急に男性が顔の前で手をぶんぶん横に振った。

「ちょっと待って！　変な意図で声をかけたわけじゃないんです！　そうじゃなくて、いつも朝遭遇する人だと思って、嬉《うれ》しくて声かけちゃっただけで。それだけなんです！　驚かせたなら申し訳なかったです」

――なんだ。そういうことだったのか。

すとんと腑《ふ》に落ち、警戒心を解いた。

すみません、と頭を下げようとする男性を、咄嗟《とっさ》に止めた。

「あっ、いいえ。大丈夫です。まさか朝遭遇するだけの私が、声をかけてもらえるなんて思わなかったから……それに、いつもとほら、格好も全然違ったので」

「確かに。夜に会うのは初めてですもんね。それに俺、スーツですし……ランニングウエアとじゃ違い過ぎましたね。……もしかして、今、お仕事帰りですか？」

「はい。いつもならもうちょっと早い時間なんですけど、今日は残業したんでこの時間になってしまいました」

「残業……ですよね。朝、あの時間に出勤してるのに、この時間に帰って来るのって遅いなって、ちょっと思ってたんです」

確かに、と頷《うなず》く。

「今日はたまたまです。遅番の人が一人急遽お休みになってしまったので、致し方なく」

「そうですか、そういう事情がおありでしたか。いつもこの時間までお仕事だとしたら、大変だろうなって思いながら、後ろ姿を見ていたんです」

――ず、ずっと後ろ姿を見られていたのね……ちょっと恥ずかしいな……

「あ、そうだ。それに、今日は戦利品もありますよ、ほら」

持っていたビニール袋を掲げて見せた。彼はきっと何が入っているかわからないのだろう。「ん？」と眉根を寄せて考えている。

「なんですか？　匂いは……あまりしないな……」

「焼きたてだったらもっと良い匂いなんですけどね～。パンです。ほら」

袋の中からビニールに包まれたメロンパンを取り出して、彼に見せた。

いきなり目の前にメロンパンが現れたので、彼の綺麗なアーモンドアイが大きく見開かれた。

「えっ、パン？　パンが戦利品ってことは……もしかしてパン屋さんにお勧めなんですか？」

「そうなんです。駅ビルの一階にあるベーカリーなんです。パンはあまり食べませんか？」

「いいえ、食べます。でも、あまりパン屋さんには行かないかな……コンビニとか、スーパーで売っているようなパンです。おやつ代わりに」

――うちの店も圧倒的に女性が多いし。そんなものか。

これを機にこの男性にパンを食べてもらいたい。そんな思いが浮かんできた。

「じゃあ、よかったら食べてみませんか。たくさんあるんで一つお好きな物を差し上げます。どれがお好きですか？　メロンパン、ベーコンエピ、玉子サンド……」

「ええっ！　そんな、悪いですよ……でも、いいんですか？　ちょっと食べてみたい気もします……」

遠慮がちに言う男性に自然と顔が笑う。食べてみたいだなんて、可愛《かわい》いじゃないか。

「どれでもいいですよ、はい」

どうぞ～と袋の口を開きながら、男性の反応を待つ。彼は真剣な表情でしばらくどれにするか悩んでいたが、最終的にベーコンエピを選んだ。

「じゃあ、これを。食べたことがないものを選んでみました」

「ベーコンエピ美味しいですよ。ぜひぜひ、美味しさにハマってください」

これを機に、この人がパンを好きになってくれたらいいなあ。

そんな気持ちでホクホクしていたら、相手が胸ポケットをごそごそと探り始めた。

「あの……まだ名乗っていなかったのを思い出しまして……はい。私、岐部《きべ》といいます」

お互いに名乗らないまま普通に喋《しゃべ》っていたことに気付く。

「あ、ご丁寧にありがとうございます」

差し出された名刺を受け取り紙面を確認する。お名前は岐部凪《なぎ》さん。ここには年齢が書いていないから年齢は不明。だけど、名刺に書かれた肩書きを見た瞬間、思考が停止した。

――代表取締役……社長……？

「えっ、社長さん……なんですか？　お若く見えますけど……」

「あー、まあ若いかもしれません。二十五なので」

「に……にじゅうごっ⁉」

半分悲鳴のような声が出た。

咄嗟に口を覆ったけれど、相手を苦笑させてしまった。

「いや、なんていうか。学生時代の仲間で立ち上げた会社なんですよ。まだ従業員もそんなにいませんし、たいしたことないです」

「……な、なるほどです……」

大企業の社長とかではなく、ベンチャー企業の社長なら若い方はいくらでもいる。

この人もそういう社長さんなのかな。

「そうだ。申し遅れました。私、武林萌乃といいます。名刺がなくて申し訳ないです」

「武林さんか。いつも朝早くからお仕事ご苦労様ですって、すれ違うたびに思ってたんですよ。そっか、パン屋さんにお勤めだったのか……」

納得です、と岐部さんが一人頷く。

ちなみに今は、二人で並んで歩いている。私のマンションまではまだ距離があるが、岐部さんはどこまで行くのだろう。

「でも、岐部さんこそ朝早くからランニングされてるじゃないですか。お若いのに、健康に気を遣われてるんですね。すごいです」

「健康に気を遣ってるというか、眠気覚ましというか。そこから始めたんですが、習慣になっちゃうとどうもやめられなくて、そのままずるずると続けています」

「そんな感じだったんですね」

淡々と話す岐部さんにクスッとする。

最初二十五歳と聞いた時は若い‼　と思ったけれど、話していると年齢を感じさせない妙な落ち着きがある。

——落ち着いてないと社長なんか務まらない……のかな？

その辺りは実際どうなのかよくわからないが、年齢を聞いていなかったら社長と聞いても疑問に思わなかったかもしれない。

「岐部さん、落ち着いてますよね」

しみじみと呟《つぶや》いたら、即座に「ん？」と反応された。

「そうですか？　あんまり自分ではそう思ってないんですけど。あ、でも今は少々猫かぶってますから」

「……猫、かぶってるんですか？」

「はい。武林さんに変な印象を持たれないよう、必死です」

こんな人が私に必死とか。ありえなくて笑えた。

「ええ……持ちませんよ、そんなの。それに、スーツがお似合いなので、いい印象しかないです」

これに岐部さんがピクリと反応する。

「えっ。いい印象……ですか？　本当に？」

「まあ。スーツって大人の男って感じがして素敵だと思います」

ぶっちゃけ、私はスーツフェチだ。

スーツをいい感じに着こなしている男性が近くにいたら、素直にかっこいいと思うし自然と目が行ってしまう。

それはきっと、普段スーツとは無縁の仕事をしているからかも。だからスーツを着た男性がパンを買いに来てくれるのはとっても嬉しい。

「そうか……そう言ってもらえると嬉しいな。でも、普段はすっごくラフな服で仕事してるんですよね、俺」

さっきは一人称が私だったのに、俺になっている。

親近感を覚えて、少々ドキッとした。

「でも、社長さんなんですしどんな服装でもいいんじゃないですか？　あ、職場ってどんな感じなんですか？」

もし大きなオフィスビルに事務所を構えているとかだとしたら、あんまりラフだと浮いてしまうかも。なんて考えていたのだが、岐部さんからの答えはこうだった。

「自宅の隣が職場なんです」

「……自宅の隣……」

それを聞いて、実家の敷地内にある離れみたいな建物を事務所にしているのかな？　と、勝手に想像する。

「自宅の隣が事務所というと……ご実家の敷地内にある、とかですか？」

考えを巡らせている私に、岐部さんが「あ、そうじゃなくて」と割り込んできた。

「そこが実家というわけではなくですね、二年くらい前に土地を購入して、自宅兼事務所を新築したんです。右が事務所、左が自宅みたいな感じでね」

二年くらい前に新築と知り、すぐに彼の年齢が頭に浮かんだ。

今二十五歳なのだから、二年前ということは……二十三⁉

「し……新築⁉　そんなお若いのに⁉」

「はは。学生時代から運用していた株でそこそこ資金がたまったので、思いきりました。でも、先を見越したらそれほど大きな買い物じゃないです」

たいしたことじゃない、みたいな顔をしているけれど、私からしたらものすごいことなのだが。

——自宅兼事務所を新築……この辺りで新築物件を建てるなんて、軽く数千万はくだらないんですが……

大きさによったら億もありうる。この人、実はすごい会社の社長さんなのでは……。

悶々《もんもん》としていると、隣から「武林さん」と声をかけられた。

「こちらからも質問、よろしいですか？」

「えっ。あ、はい、どうぞ？」

「武林さんって独身ですか？」

「はい」

何の気なしに、頷く。

ちなみに今は、のんびりと帰り道を歩いているところ。彼の家はどこなのかと考えたけど、さっき名刺に記載されていた住所だとすると、もう少し先の地域だ。

「じゃあ、お付き合いしている人とかは？」

なんでそんなことを訊くのだろうという疑問は浮かぶが、深くは考えない。

「いませんけど……」

「そっか、よかった。ほら、こうして一緒に歩いたりするのも、あなたに恋人がいるのであれば申し訳ないじゃないですか」

「え。そんなこと気にしてくれてたんですか？　逆にすみません」

細かいことまで気を遣ってくれていたのかと、こっちが申し訳なくなる。

――むしろ岐部さんに恋人がいる可能性のほうが高いのに。年上なのに、そこまで気が行き届かなくて申し訳ございません……

「それを言うなら岐部さんこそ。お付き合いしている人いるでしょう？」

「いませんよ」

絶対にいると確信していたのに、まさかのフリーでびびった。

──そうなの!?　こんな人、絶対周りが放っておかないと思ったのに……

驚く私を横目に、岐部さんが人差し指を私に向けてきた。

「じゃあ、最後にもう一つ」

今度はなんだろうと、身構えた。

「武林さんってもしかして、俺よりも年上ですか？」

「げっ」

うっかり心の声が出てしまった。

「なんで、げっ。なの？」

肩を揺らして笑いを堪えている岐部さんを見て、もろもろを察知する。

多分この人は、私が最初に「にじゅうごっ！」と叫んだ時点で私が年上であることに気付いていたのかもしれない。

「いやあの……言動からバレてたんだなと……。私、二十八なので」

「……二十五も二十八もたいして変わらなくないですか？」

「いや、変わりますって……二十代の三年は大きいですよ」

これに岐部さんが首を傾《かし》げている。

「そうかな。あんまり変わらないと思うけどな」

「いや、まあ……そういうのは人それぞれなので……あ、私、こっちです」

マンションに向かう路地にさしかかり、足を止めた。

岐部さんはまだ真《ま》っ直《す》ぐ進むようなので、きっとこの先にある住宅街に自宅兼事務所があるのだろう。

岐部さんも私に倣って足を止め、きちんと背筋を伸ばして一礼してくる。

「先程はパンをありがとうございました。今度は直接お店に伺います」

丁寧な挨拶に自然と笑みがこぼれる。

「こちらこそ、声をかけてくださりありがとうございました。お仕事頑張ってくださいね。店でもお待ちしています。ベーコンエピ、気に入ってくださると嬉しいです」

お互いにペコペコ頭を数回下げてから、私達《たち》は別々の道を歩き始めた。

私が作ったわけではないが、うちのベーコンエピはスタッフからの人気も高い。私も大好きな商品の一つなので、それを岐部さんが美味しいと感じてくれたら最高である。

そしてパン好きになってくれたら尚《なお》良し。

岐部さんがパンを買いに来てくれることを勝手に想像し、にまにまと気持ちの悪い笑みを浮かべる私なのであった。

第二章　岐部さん、お店にやってくる

お互いの名前を明かし、岐部さんにパンを差し上げてから数日が経過した。

いまだに岐部さんは店に現れていない。……いや、たまたま私が勤務している時間帯に現れないだけで、もしかしたらもう来たのかもしれないのだが。

でも、朝の挨拶だけじゃそれを確かめるすべがない。

——そう、朝はあれから何度か遭遇している。でも、「おはようございます」に、「今日は良い天気ですね」が加わったくらい……

ベーコンエピ、どうだったかな。もしかしたらハード系はお好みじゃなかったかな、などと、暇があればそのことばかり考えてしまう。

——それともパン、要らなかったかな……結構強引だったもんね、私……

じわじわと自分のやらかしに気がつき、軽い自己嫌悪にまで陥りかけた。

しかし、この数日後。

いつも混み合うお昼前後をどうにか乗り切り、客足が緩くなってきたのを確認してから、休憩に入ろうとしたときだった。

今まで店内をうろうろしていた中年の男性が、いきなりトレーを元の場所に戻して店を出ようとしている。

でも待って。さっき私が見たとき、あの人が持っていたトレーには、間違いなくバンズにハンバーグが挟まったハンバーガーが乗っていた。

戻したのかなと、ハンバーガーの棚に視線を移す。でも、ハンバーガーの棚は私がさっき見たときとなにも変わらない。ということは……

――万引き……？

確証はない。ただ、怪しいというだけ。

どうしよう……と店から去る男性を目で追っていると、バックヤードから店長が飛び出してきた。

「さっきの人、万引き‼　カメラで確認した、バッグにパン入ってる‼」

「えっ‼　やっぱり‼」

反射的に体が動いて、男性を追うため店から飛び出していた。そのとき、目の前に見慣れた顔が飛び込んできて、一瞬足が止《と》まってしまった。

「岐部さん！」

「あれ、武林さん？　どうしました？」

「あ……あの人、万引きです‼　追いかけないと……」

指さしつつ、男性を見失わないように岐部さんと交互に見て、男性を追いかけるつもりでいた。

しかし、私が指さす方向に怪しい男性を見つけた瞬間、岐部さんが「あの人か」と呟き、素早く私の代わりに男性に向かって走り始めていた。

「えっ⁉　岐部さん⁉　うそ……」

おそらく私の数倍足が速いであろう岐部さんは、私が唖然《あぜん》としている間に見事、男性を捕まえてしまった。

――い、いや、唖然としてる場合じゃない。確認しなきゃ……‼

岐部さんがなんと言って男性を引き留めているのかはわからない。ただ、いきなり引き留められた男性は、納得がいかないようで明らかにムッとしていた。

「岐部さんすみません、ありがとうございます‼」

「おい、なんなんだよ‼　俺がなにしたっていうんだ」

私が彼らに追いつくと、男性がいきなり私に嚙《か》みついてきた。そんな男性の腕を、岐部さんは逃がすまいとしっかり摑《つか》んでいてくれる。

万引きに遭遇するのは初めてではない。でも、はっきりいって苦手だし、相手が男性だと尚更《なおさら》憂鬱だ。

でも仕事だから仕方ないと開き直った。

「お客様、大変申し訳ありませんが、鞄《かばん》の中を確認させていただけませんか」

男性が肩から提げているエコバッグに視線を送ると、男性の目が泳いだ。

「……なんで。別に悪いことしてないんだ、見せる必要はないだろ」

「いえ。当店の防犯カメラを見ていた者が、お客様が当店の商品をバッグに入れたと証言しておりまして……」

「入れてねえよ‼　ちゃんと見てないのはあんたの方じゃないのか‼」

「では、うちの事務所に来ていただき、一緒に映像を確認していただいてもよろしいですか？」

これに男性がぐ、と唇を噛んだ。

「急いでるんだ、そんな暇ねえよ‼　……なんだよ、あんた、俺を泥棒呼ばわりかよ‼」

男性が私に顔を近づけて怒鳴ってくる。

仕事だからとはいえ、本気でこんな人を相手になんかしたくない。あーもう本当にいやーと思っていたら、目の前に人の背中が現れた。

岐部さんだった。

「おじさんさあ、女性に対してその態度はないんじゃない」

急に私と自分の間に立ち塞がった岐部さんに、男性が目を丸くする。

「なっ……なんだ、あんた。女の肩を持つのかよ」

「そういうこと言ってんじゃない。そもそも、おじさんが怪しい行動してるから疑惑をもたれるんでしょう？　本当にしてないんだったら、今ここでちゃんとバッグの中を見せて、自分は潔白だって証明すりゃいいじゃん。なんでそんなにバッグの中を見せたくないわけ？」

岐部さんに諭されていくうちに、男性の顔が青ざめていく。

「だから……俺は、知らな……」

「知らないんでしょ。じゃ、見せれば？　ほら、早く」

男性が黙り込んだ。そして、肩を落としながらエコバッグを広げた。覗《のぞ》き込《こ》むと、間違いなくうちのハンバーガーと、うちで取り扱っているパック牛乳が入っていた。

「……ありますね。牛乳まで……」

岐部さんもバッグの中を覗《のぞ》き、「ありますね」と同意した。

すると、店のある方から警察官と、うちの店長が走ってきた。

「武林さんありがとう‼」

ハアハアと息を切らせながらやってきたのは、三十代後半で恰幅《かっぷく》のいい男性、うちの店長だ。店長は製造を担当しているので、普段あまり接客には入らない。今回はたまたま昼食を取っているときに防犯カメラの映像を見て気がついたのだろう。

店長より先に私達の所に来た警察官は、男性の顔を見た瞬間、「またあなたですか‼」と声を上げた。

——もしかして、常習犯……?

警察官が来たことによってすっかり戦意を喪失した男性は、がっくりと肩を落としながら警察官と店長と一緒にうちの店まで連行されていった。

その光景を見つめていた私だが、一番の功労者が側にいることに気付き、岐部さんに頭を下げた。

「岐部さん、本当にありがとうございました……‼　私の足じゃ逃げられていたかもしれないので、すごく助かりました」

「えっ。いやいや。なんか、反射的に体が動いちゃっただけなんで。それに、武林さんがあの男の人と対峙《たいじ》しなくてよかったです」

「え?」

顔を上げて岐部さんを見ると、すごく優しい顔をしていたのでドキッとした。

「だって、さっきの見たでしょう?　女性にはああいう態度なのに、俺が間に入ったら結構すんなりでしたよね。多分、自分より立場が弱い人には強気に出るタイプなんですよ」

「そういえば、そうですね……」

「だから、武林さんが危害を加えられたりしなくてよかった。俺は、どっちかっていうとそのことだけが気がかりで、ずっとヒヤヒヤしてました。あ、もちろん守るつもりでいましたけどね」

「ありがとうございます……」

なんとなく、岐部さんの目を見ることができない。

自分のことを気にかけてくれる男性がいることが、素直に嬉しかった。嬉しすぎて、気を抜くと顔が緩んでしまいそうだったから。

「あの……岐部さん、さっきあの場所にいたってことは、うちの店に行こうとしてたんですか？」

「そうです。俺、めちゃくちゃタイミング良かったですね？」

笑顔の岐部さんは、この前みたいなスーツではない。上は半袖シャツ、下はデニムというラフな格好だ。

――あんな状況だから、岐部さんの格好を見る余裕なんかなかったから、今気がついたわ……

ラフな格好ではあるが、そこはやはりイケメン。こういった格好も様になっている。むしろ半袖から剝《む》き出《だ》しになっている長い腕がやばい。筋肉質でいつもよりセクシーに見えた。

「ちょっとバタバタしちゃいましたけど、改めて。いらっしゃいませ」

店に戻り、自動ドアが開くと先に岐部さんが店内へ進む。彼は早速トレイとトングを持ち、店内をキョロキョロと見回している。

──なにかお目当てのものがあるのかな？　あ、もしかして……

「あの、この前のベーコンエピをお探しですか」

当たりをつけて声をかけたら、彼がバレた、といわんばかりに微笑んだ。

「そうなんです！　ていうか、この前帰宅してすぐいただいたパン食べたんです。そしたらすごく美味しくって……‼　菓子パンでも食パンでもサンドイッチでもないパンを食べて、あんなに美味しいと思ったのは初めてです」

興奮した様子の岐部さんに、内心やった、とガッツポーズをした。

「よかったです！　ベーコンエピならこちらにありますよ～。しかもさっき焼きたてのものを並べたばかりなんです。焼きたてはさらに美味しいですよ」

「焼きたて……！　それはやばいですね、買います」

まだ温もりのあるベーコンエピをトレイに数個載せている岐部さんに、自然と笑みが漏れる。

そんなにたくさん食べるのかしら……と少々疑問を抱くが、まあいい。

ベーコンエピをトレイに乗せ終えた岐部さんが、すすすと私に近づいてきた。

「武林さん、他におすすめってありますか？　あまり甘すぎず、食事代わりになるものがいいんですけど」

「お食事系ですと、こちらのサンドなんかどうですか？　ハード系がお好きならカスクルート、あまり固くない方がお好みならカンパーニュサンドなんかもおすすめです。あとは角食を使用した玉子サンドに、ハムチーズサンド、照り焼きサンドなどがあります」

サンドコーナーに岐部さんを誘導し、一つ一つ説明する。一通り説明し終わってから岐部さんを見ると、混乱した様子で眉根を寄せ、考え込んでいる。

「悩む～～～～!!」

イケメンが真剣に悩んでるのって、可愛いな。

いつまでも見ていたいけれど、私の休憩時間がなくなってしまう。

「えーっとすみません。私これから休憩に入りますので。空いてるんで、ゆっくり選んでくださいね」

では、と会釈して店の外に出ようとした。すると、背後から「待って」と声がかかった。

「休憩に入られるんですか!?　もしかして、外でお昼食べたりしますか？」

「ん？　はい、そうですね」

今日は夕飯が残らなかったのでお弁当はナシ。近くにあるうどん屋に行くつもりだ。

「もし良かったら昼食ご一緒してもいいですか」

――へ？

全く想像もしていなかった申し出に、目が点になる。

「昼食……？　でも、パン……」

そんなに大量のパンがあるのに、私と昼食を一緒にとはどういうことなのか。

意味がわからずきょとんとしていたら、その辺りを彼がちゃんと説明してくれた。

「これは事務所の皆と一緒に食べます。言うなればおやつです」

「おやつ……」

――お食事系のパンがおやつ……？

「とにかく会計してきます。待っててください‼」

そう言うと、岐部さんはすぐさまトレイを持ってレジに飛んでいった。

――いやあの、まだいいよもなにも言ってないんだけど……

今は他にお客様が一組いるだけでレジも空いていたため、岐部さんはあっという間に会計を済ませて戻ってきた。

「お待たせしました、じゃ、行きましょうか」

「は、はあ。でも、私が行こうとしていたの、すぐそこのうどん屋さんなんですけど。いいんですか？」

近くにあるうどんのチェーン店を指さす。それを受けて岐部さんがにっこり微笑んだ。

「全く問題ないです！　うどん好きです！」

その屈託のない笑顔に、なんだかこっちも釣られて笑ってしまう。

――かっこいいけど、なんか面白い人だなあ……

イケメンな人って、自分がイケメンだとわかっているせいか、ナルシストでかっこ付ける人がわりといがちなイメージを持っていた。でも、岐部さんはそういうことをしないので、私的に好感度が高い。

だからこそ、彼の何気ない笑顔でこっちまで笑顔になってしまう。

「じゃあ……行きましょうか」

財布とスマホだけ入っているトートバッグを手に、岐部さんとうどん屋に向かった。

時刻は昼の一時半を過ぎていることもあり、店の中はお客様もまばらだった。

カウンターで好きなうどん、トッピングを選び最後に会計するシステムのうどん屋は、注文してすぐにうどんが出てくるので時間がかからない。

早い美味《うま》い安いが売りのこういう店は、私みたいなお金をかけずさっさとお昼を済ませたいタイプには最適で、勤務中はよく利用する。

私は明太釜玉うどんの小と、イカとちくわの天ぷらをトッピング。岐部さんは牛肉ぶっかけうどんの大に温泉玉子とエビ天ととり天をトッピングしていた。

テーブル席で向かい合わせに座り、彼のトレイに載せられた丼と天ぷらを見つめ、すごいなとため息が漏れてしまう。

——さすが男の子……いっぱい食べるのね……

「……岐部さん、すごく食べるんですね……」

しみじみ呟いたら、どこが？　みたいな顔をされた。

「え？　男ならこれくらい余裕で食べませんか。それよりも俺としては、武林さんの量で本当に足りるのか心配になるんですけど」

「足りますよ。それにたくさん食べて満腹になっちゃうのも困るんです。動きが鈍くなるし、眠くなるときもあるんで、仕事にならなくなるし」

箸を持った岐部さんが、ははっ、と笑い声を上げた。

「それもそうですね。仕事中眠くなるのは、やばいです。俺もデスクワークなんで、眠くなったら仕事にならないんで」

いただきます、と唱えてから早速うどんを食べ始める。

いつもはカウンター席で一人黙々と食べるのに、目の前に人がいるというのはどうも変な感じがする。

——しかもイケメン社長だし……なんでこういう流れになったのか、いまだによくわかっていない……

「それよりも、岐部さん」

「はい」

「今日はお休みなんですか？」

ずっと疑問に思っていたことを訊いてみた。

これに対し岐部さんが、静かに頭を振った。

「いえ、普通に仕事です。買い出しに行ってくると言って出てきました」

――え。それなのに私とご飯食べてていいの……？　社長だからいいのかな……？

当の本人は涼しい顔をしているのに、なぜか私に焦りが生まれた。

「じゃあ、食べたらすぐに戻らないといけないですね」

「そうですね。でも、お昼はいつも皆が食べ終えたところで、ふらっと食べに行くんです。だから周りも分かってるんで大丈夫ですよ。それに今日は、パンというお土産もありますしね」

問題ないです。という顔で私を安心させる。

「それならいいんですけど……」

でもなんで、急に私を誘ったんですか？

という言葉が喉まで出かかった。でも、訊けない。

――だって、こんなこと訊くのってちょっと自信過剰に見られそうだし。

もしかしたら相手は何も考えてなくて、たまたま昼時だったから誘ってくれただけかもしれないし。

むしろその可能性のほうが高い。

「なんで俺があなたを誘ったのか、気になります？」

訊きたくて仕方なかったことを向こうから言ってきてくれて、思わず顔を上げた。

「ま、まあ。気になります」

「ですよね〜。ちょこちょこ朝遭遇はしてたものの、会話したのはこの前が初めてですもんね。ちょっと俺、強引でしたね」

反省するかのように頭を垂れる岐部さんに、こっちが慌ててしまう。

「えっ。そんなことないですよ。むしろ誘ってもらって嬉しかったです。いつも一人なので、誰かと食べる昼食、新鮮です」

フォローしたら、すぐさま顔を上げた岐部さんの顔が明るくなった。

「本当ですか？　よかった〜。うぜえヤツだと思われてたらどうしようかと」

胸に手を当てている姿は、本気で安堵しているようだった。

「そんなことない……ですけど、でも、なんで私？　とは思いました」

「それはほら、パンが結んだ縁ですよ」

「へ？」

——パン……？

聞き返したら、うどんを飲み込んだ岐部さんが、箸を置いた。

「いつも朝遭遇するからってだけの俺に、パンをくれた武林さんに正直ときめきました。あ、もちろん物に釣られたとかそういうんじゃないんです。その気持ちが嬉しかったというか……だから、今日の一番の目的は、武林さんに会うことだったんです。会ってお礼も言いたかったし……」

「えー‼　別にいいのに……しかも差し上げたのは値引き品のパンですよ……」

「そんなのは全然問題ないんです。……俺、損得抜きで武林さんが俺に優しくしてくれたことが、めちゃくちゃ嬉しくて、だから……」

「……岐部さんって、普段周りから優しくされそうですけど……」

「そんなことはないです。俺、なにか裏がある優しさには敏感なんです。そういうことされると、却《かえ》って相手を避けちゃうんで」

　意外と言えば意外だけど、言っていることはなんだかわかる気がする。

　――そうか……イケメンはイケメンなりに、いろいろ思うところがあるのね……

「だから、またパンを買いに来てもいいですか？　あと、武林さんにも会いたいし」

「もちろんです！　ベーコンエピだけじゃなくて、まだまだ美味しいパンがたくさんありますから。ぜひ、全品制覇する勢いで来てください」

「全品制覇……！　何回くらい通ったらできるかな」

ずっと微笑みを絶やさない岐部さんに、ますます好感を抱く。

「一週間も通えばできちゃうんじゃないですか？　毎回違うものを買わないといけないかもですけど……あ、でも季節商品もあるし。季節ごとに通ってもらったほうがいいかも」

「季節ごとですね……わかりました。頑張ります」

本当に全品制覇するまで来てくれるのかな？　と心の中で首を傾げるけれど、岐部さんも楽しそうだし私も楽しいので、まあいいか。

いつもは黙々と食べて、十五分もしないうちに店を出ている。それなのに今日に限っては、岐部さんとの会話が楽しくて三十分は店内にとどまった。

壁に掛かっている時計を見て、休憩時間の終わりが近いことに気付く。

「あ、そろそろ戻らないと。じゃあ、岐部さん、ありがとうございました。思いのほか楽しいランチタイムでした」

私が席を立つと、それに倣ってか岐部さんも立ち上がった。それぞれ食べ終わった丼などを返却口に持っていき、店を出た。

「岐部さんは向こうですよね。じゃあ、私はこれで」

私のマンションがあるのと同じ方向に岐部さんの住まいがあるはず。私は駅ビルにある店に戻らなくてはいけないため、ここでお別れだ。

「はい。では。また伺います」

「お待ちしています」

丁寧にお辞儀をして、岐部さんと別れた。

彼は歩き出してから数歩ですぐ振り返り、私に向かって小さく手を振った。その姿にキュンとして、私も手を振り返す。

思いがけず岐部さんと食事をすることになったけれど、これが意外と楽しかった。それは彼がイケメンで社長だからというのは全く関係ない。単純に、一緒にいる空間が心地よくて、会話が途切れない。異性との会話であんなに時間が短いと感じたのはそうそうない。

……いや、初めてかも。

——万引き犯も追いかけてくれたし、岐部さんって本当にいい人だな……

素敵な時間を過ごさせてもらったお陰で、すごく気分がいい。このテンションのまま職場に戻った私は、午後の仕事をいつも以上に張り切ってこなしたのだった。

ちなみに、あとから店長に聞いたけれど、昼間の万引き犯はやはりこの辺りで万引きを繰り返している常習犯だったそうだ。

岐部さん、本当にお手柄である。

それからというもの、岐部さんは社交辞令ではなく、本当にうちの店に通ってくれるようになった。

朝、いつものように私と遭遇した際に、大体何時くらいに伺います、ということを丁寧に申告し、その時間どおりに来店してくれる。

最初はパンをくれた私に気を遣っているんだと思っていた。きっとこれは一時的なもので、長くは続かないだろう、と。

でも、岐部さんは私のそんな考えを吹き飛ばすように、来る日も来る日も店に来てくれた。そして、本当に全品制覇する勢いで、毎回大量のパンを購入してくれるのだ。

毎日のように通い続けてくれる岐部さんの存在は、そのうち店でも評判になっていた。

「最近よく来てくれるあのイケメンは何者なのかしら」

私が商品の補充をしている間、レジに入ったパートさん達が噂話《うわさばなし》をしていた。

イケメン、という単語が出ただけでなんとなくわかる。これはきっと、岐部さんのことだ。

「その方、武林さんのお知り合いらしいよー」

「えっ、武林さんの⁉」

――ほら、やっぱり。

岐部さんみたいな若いイケメンで、毎日のように通ってくれる常連さんなんかほぼいない。パート主婦の皆さんの心をときめかせる美形男性とあれば、噂《うわさ》したくなる気持ちもわかる。

といっても、もちろん好意を抱くとかそういうことではない。以前、別のパートさんが話していたのを聞いたことがあるが、ただイケメンを見ることができるだけでいい。それだけでその日頑張れるだけの活力がもらえると。

言うなれば芸能人やアイドルを間近で見る感覚に近い、ということらしい。

商品補充を終えてレジカウンターに戻ると、さっき噂話をしていたパートさん達が近づいてきた。

「ねえねえ武林さん‼　あのイケメンとどんな関係なんですか？」

話しかけてきたのは、三十代と四十代のパートさん二人。どちらもお子さんがいる主婦で、お子さんが学校に行っている間パートに入ってくれているのだ。

キラキラしたパートさん達の目は、私と岐部さんが恋愛関係であるとか、そういったことを期待しているように見えた。

苦笑しつつ、実際の関係を正直に説明する。

「関係はですねえ……あの人、うちのご近所さんなんですよ。朝、私が出勤する時に遭遇するんで、何気なく挨拶を交わすようになって、その御縁《ごえん》でパンを買いに来てくれるんです。……それだけです」

かなりざっくりした説明だが、嘘ではない。家はおそらく近いだろうし、間違ってはいないはずだ。

「そうなんですね〜、いいなあ、あんなかっこいいご近所さん。しかも毎回すごく大量に買われていくじゃないですか！　ご家族が多いんですかね？」

「いや、会社経営されてるんですって。だから従業員の皆さんの分も買っていってるみたいなんです」

会社を経営していると言ったら、主婦二人の顔色が変わった。

「会社を……経営⁉」

「え、随分お若く見えたけど、実は結構年齢がいっているのかしら」

ですよね、そう思いますよね。

「いえ、年齢は二十五歳ですって。私もお若いからびっくりしたんですよ」

年齢を明かしたら、二人が「にじゅうごっ⁉」と声を上げる。彼の年齢を聞いたときの私と同じリアクションだ、と心の中でクスッとした。

「そんなにお若いのに社長さんなんですか⁉　すごいじゃないですか」

「ねー、そうなんですよ。私も知った時驚きましたもん」

すると四十代のパートさんが、なにかを考え込み、導き出した答えを口にした。

「……そんな社長さんが毎日のようにここに通うってことは、もしかして武林さんのことが好きだから、とかですかね？」

真剣になにを考えているのかと思ったら、そんなことを考えていたのか。

心の中で違うから、と手をヒラヒラさせる。

「いやいや、ないですって。考えすぎです」

「でも、あの社長さん？　武林さんがお休みの日は来ないんですよー」

「え。そうなんですか？」

これは初めて知った。

てっきり、私がいないときでも店には来ていると思っていたから。

なぜだろう、と心の中で首を傾げる。

「武林さんいいなあ……あんなイケメンに好かれて」

三十代のパートさんがうっとりしている。

「えっ？　まだ好かれていると決まったわけでは……」

「いーや、絶対好かれてる。私の勘は良く当たるんですよ……社長さん、きっと店に通い詰めて武林さんを落とす作戦に出てると思いますよ」

二人のパートさんに詰め寄られ、返す言葉に困る。

「いやあの……店に通って私を落とすって、ちょっと意味わかんないんですけど……」

——私じゃなくて、パンに惚《ほ》れただけじゃないの？

今現在の岐部さんの行動だけで彼が何を考えているかなんて、全く見当もつかない。

もし本当に私のことが好きなのだとしたら……そのときはどうしたらいいのだろう？

なんて考えてみたけれど、違ったらただ自分が恥ずかしいだけなので、考えるのをやめた。

それから数日後。

朝、岐部さんに遭遇したときにこう言われた。

「今日は昼間出張でこちらにいないので、そちらに行かれないんですよ」

すみません、と言われたけれど、ぶっちゃけ毎日のように来てくれているので、全然問題ない。

でも、思いのほか岐部さんが残念そうな顔をしているので、少々可哀想《かわいそう》な気がしてきた。

――私、岐部さんに対して、情が湧いてきたな……

「そうですか……残念ですね。私は閉店まではいませんけど、店は夜の七時まで開いてますよ？」

「でも、閉店間際じゃほぼパンがなくなっているでしょ？」

「そうですねえ……欲しいパンが決まっていれば、お取り置きもできますけど」

何気なくこう言った途端、岐部さんの目がキラキラ輝きだした。

「お取り置き……‼　なんですかその、特別感いっぱいな制度は」

「え、ええ……？　普通に昔からやってますけど……お電話くだされればできますよ。それか今、どれが必要なのかわかれば、そのパンを私が取っておきますけど」

「えーっ‼　じゃあお願いします‼　買う物は決まってますんで！」

なんか岐部さんの圧が強いなと思いつつバッグからメモを取り出し、彼の希望するパンを記していく。

最初はベーコンエピから始まったけれど、今回は食パンやフルーツデニッシュ、クロワッサンなど。

それにしても、岐部さんってこんなにパンを買って大丈夫なのか。

従業員の皆さんに配るとしても、さすがに毎日となると従業員の皆さんも飽きるのではないだろうか。もしくは彼自身がパンばかりの食生活を送ってるのなら、彼の食生活がちょっとだけ心配になる。

「あの、岐部さん。いつもたくさんパンを買ってくださるのは嬉しいんですが……」

「え？」

メモをしまいながら、恐る恐る岐部さんと目を合わせる。

「ちゃんとパン以外の食べ物も食べてますか？　野菜とか……あと、タンパク質とか」

最初は驚いたように目を丸くしていた岐部さんだったけれど、すぐに目尻が優しく垂れ下がった。

「俺の食生活を心配してくれるんですか？　嬉しいな……」

お節介かと思ったのに、あまりにも喜んでくれるのでなんだかこっちが恥ずかしくなる。

「だ、だって！　毎日のようにたくさんパンを買ってくれるから……き、気になっちゃいますよ」

「ありがとうございます。でも、大丈夫です。実はうちの事務所、結構人の出入りがあるんです。だから、従業員が休憩におやつとして食べるだけでなく、来訪者に差し上げたりもするんです。あと、普段朝食にパンを食べている人に翌日の朝食用として渡したりとか。ハード系のパンは、夕食に添えるっていう人もいるんで大人気なんです。いつも争奪戦ですよ」

あっ、なーるほど。

しっかりとした理由があって、すごく納得した。

「そうなんですか……！　だとしたらたくさん買われるのも納得です……」

「それにうちの事務所の女子はパン好きが多くて。好きなパンを取り合うこともあるんです。とくにデニッシュ系？　あれ、すごく人気です」

――女の人も数人……いるんだ……

普通に会社を経営しているのだから、そんなの当たり前のこと。なのに、彼の側に女性がいるという事実を耳にして、なぜか胸の辺りがざわざわする。

「まあ、そういうわけです。たくさん買っていっても、俺が食べるのは一つか二つくらい？　なので、心配は無用です。もちろん他のものも食べてますよ。筋肉を保つ為には夕ンパク質が必要ですから」

「そっか。それならいいんです。安心しました」

胸のざわつきはもう気にしない。とりあえず、この人がパンばかり食べているのではなくてよかった。

「じゃあ、私はこれで。出張、気をつけて行ってきてください」

「はい、じゃ、もし閉店までに間に合わないようなら代理の者に行ってもらいますんで」

「承知しました。では」

ホッとして岐部さんとお別れし、職場へ急いだ。

結局この日、私が仕事を終えて店を出るまで、岐部さんは現れなかった。翌朝岐部さんに遭遇したときにでもパンを受け取ったか確認しようと決めていたのだが、この翌日。

珍しく朝の通勤途中、岐部さんに遭遇しなかった。

――話すようになって以来、私の休日以外で遭遇しないのって、初めてかも……？

出勤してから昨日、ちゃんと取り置きは取りに来たことを確認した。そのときにいたスタッフは遅番さんなので誰が来たのかはわからないけれど、ちゃんと来たことに安堵した。

――まあ、これまでだってたまに遭遇しない日はあったし。私が気にするようなことじゃないのよね。

それはもちろんわかってる。でも、ここんとこ毎日のように遭遇していたせいで、一日遭遇していないだけなのになんだか不安でいてもたってもいられなくなってしまうのだ。

慣れって怖い。

それでもまだ一日だから……と自分を落ち着かせ、岐部さんのことは気にしないようにした。

しかし、それから一日、また一日経《た》っても岐部さんと朝遭遇しなければ、彼は店にも現れなかった。

ただの知り合いでしかない私が、彼のことをあれこれ気にする権利はない。でも、やっぱり気になって仕方がなかった。

岐部さんと一緒に行ったうどん屋で昼食をとったのだが、ここにいると余計に岐部さんを思い出してしまい、悶々とした。

――なにかあったのかな……普通に忙しくて来られない、ならまだいいんだけど、もしそうじゃなかったら……？

気になる。めちゃくちゃ気になる。こんなことになるんだったら、連絡先くらい聞いておけば良かった。

そのとき、ハッとする。

「……ん？　連絡先……」

そういえば岐部さんにもらった名刺に、連絡先が書いてあった気がする。

そのことを今更思い出し、カードケースの中を漁《あさ》った。

――確かここに入れたはず…………あ、あった。

岐部凪と書かれたその横に、会社の代表番号と岐部さんの携帯電話番号が書かれてある。

「あるじゃん……」

なんでもっと早く気付かなかったんだろ、と過去の自分を嘆く。

でも今は嘆くよりも、岐部さんだ。彼が今どうしているのかを早く知りたい。けれど。

――いきなり電話なんかしたら、岐部さん驚くよね……

それに朝会わない、パン屋に来ないという理由で電話なんかしていいものか。

うどん屋を出てからも、まだそのことがぐるぐると頭を巡っている。でも、やはり彼のことは気になる。そこで導き出した答えは、メッセージを送る、というもの。

――電話番号で送れるメッセージなら、いいかな……？

そうと決まれば早速。更衣室のロッカーの前で、素早く文章を打ち込み送信した。

内容は至極簡単。

【武林です。突然すみません。最近お見かけしませんけど、お元気ですか？】と。

――よし。やれることはやった。あとは彼次第。

返事が来れば万々歳。来なければそれまでだ。

だいぶすっきりしたし休憩も終わりなので、スマホをバッグに入れ、仕事に戻った。

案の定午後も岐部さんが来ることはなかったので、やっぱりなにかあったのでは？　と不安だけが大きくなっていた。

「上がりまーす」

遅番のスタッフに声をかけてからバックヤードに移動し、真っ先にスマホを確認した。するを、画面にいくつかの通知があることに気がつく。

「あ」

ぱっと視界に入ったのは、岐部さんからの返信メッセージだった。いくつか来ていたので、最初のものをタップして表示する。

【武林さん、メッセージありがとうございます。実は体調を崩して寝ておりました……】

「え」

——体調を崩してって……大丈夫なの⁉

次のメッセージを見ると、どうも出張先で食べた牡蠣《かき》にあたってしまったらしい、とあった。

——牡蠣か……私も過去にあたったことあるなあ……

牡蠣は美味しい。あの牡蠣特有の独特な癖のある味わいがなんとも言えない。生牡蠣も好きだけど、私は牡蠣フライも好きだ。ソースをかけてもタルタルソースでもいける。

ただ、当たると辛い。お腹《なか》は痛いし、嘔吐《おうと》を伴うならもっと辛い。

大丈夫ですか？　飲み物や食べるものはありますか？　とメッセージを送ると、汗をかいた笑顔の絵文字が送られてきた。これってどっち？

よくわからないので、なにか欲しいものがあればお届けしますよ。とメッセージを送った。名刺に住所が書いてあるし、これを地図アプリで検索すれば家の場所はわかるはず。でもよくよく考えたら、岐部さんはご自宅の隣が事務所なのだ。彼に何かあれば、事務所の女性達が世話をしてくれるはず。

そのことに気付いて、やってしまったと後悔した。

――そうだよね、あんなかっこいい社長のこと社員が放っておくはずがないし。

かといってもう送信しちゃったしなあ、と小さく項垂《うなだ》れていると、すぐにメッセージが返ってきた。

【武林さんが来てくれるんですか⁉】

――ん？　なんか思ってたのと違う反応……

軽い感じで行きますよー、何が欲しいですか？　とメッセージを返した。するとすぐ【武林さんとこのサンドイッチが食べたいです】と返ってきた。

――そういうことなら……届けてあげたいな。

数日会っていなかったこともあり、今は彼の希望はなんでもきいてあげたい。

これってどんな心境？　と我ながら疑問に思ったけど、まあいいや。

そうと決まれば行動あるのみ。まだ少しだけ残っていたサンドイッチを数個と、念《ねん》の為《ため》食パンも買って岐部さんの自宅兼事務所に向かうことにした。

——男性の部屋に行くなんて、何年ぶりだろ……

岐部さんの家に行く途中、過去に行ったことのある男性の部屋を思い出し、あんな感じかな？　と想像してみる。

過去に行ったことがあるのは、ベーカリーに勤める前の勤務先の同僚の部屋。つまりは元カレの部屋だ。

——あの頃はいろいろあったなあ……

思い出すと懐かしさより苦い思い出が蘇《よみがえ》る。

当時の彼氏とは、二年近く付き合っていた。しかし最後の方は相手が私よりも若い社員と二股をかけていたのが発覚し、知った瞬間一刻も早く別れたくて、こちらから別れを切り出した。

普通、二股をかけた方が悪いのが一般的だ。なのに、彼は自分を二股に走らせた私にも責任があると言い出してびっくりした。

『俺はお前と結婚したかったのに！　なのに、お前が仕事ばっかりするから』

仕事ばっかりというのも意味不明だった。なぜならば仕事をしなければ給料がもらえない。給料がもらえないということは生活ができないということだ。それに仕事ばかりしていたのは私だけじゃない、相手だって仕事ばかりしていて、残業だ接待だで帰りが遅くなることなんかしょっちゅうだった。

お互い必要であれば休日出勤もしたし、体調不良で休んだ人の代わりに出勤することもあった。当時はそれのどこが仕事ばかり？　と思った。でも、多分相手としては私には常に自分より下でいてほしかったんだろうな、とあとで気付いた。

仕事が終わったら真っ先に帰宅して、ご飯を作って帰りを待っていてほしかったとか。俺よりも上司に好かれないでほしいとか。そんなことばかり言う彼氏って、なに?? と本気で首を傾げた。

しかも二股の相手は短大を出て就職したばかりの二十一歳の女性。まだ仕事もちゃんと覚えていないような若い子に乗り替えられて、やっぱ選ぶのは若い子なんだなと、言い争う気力も湧かなかった。

もう恋愛なんかどうでもいい。男もどうでもいい。

こんな心境に陥ってしまった私は、この後会社にも居づらくなって退社を決意し、今のベーカリーに転職することになった。元カレとはそれきりだ。

でも、あの頃に比べたら今の人生の方が全然楽しい。毎日好きなパンと一緒にいられるし、岐部さんみたいな人とも知り合うことができたし。

――元カレのことはもういい。私の中ではすっかり昇華した。それよりも岐部さんよ。

もう少しで住所の場所なんだけど……

スマホの地図アプリで大体あたりをつけた場所にさしかかった。もしわからなかったら電話ください、と岐部さんは言ってくれたけれど、体調が思わしくないのに気を遣わせるのは極力避けたい。

「この辺りなんだけどな……岐部……岐部…………ん？」

周囲から若干浮くくらい大きな白い一戸建てがあり、そのガレージの横には【ＫＩＢＥ】と記された表札がある。

――きべ……だよね。ってことは、この建物がそう……？

そういえば岐部さん、こんなこと言ってた。

『右が事務所、左が自宅みたいな感じですね』

今私の目の前にあるのは、左側の一階がガレージになっている三階建ての一軒家。その右側には株式会社――と会社名が記された白い建物がある。

――これか！

間違いない、ここが岐部さんの自宅兼事務所。だけど、ちょっと待って。

「……でかくない……？」

この辺りだと地価も高いので戸建ては高額というイメージがある。だから、いくら岐部さんが社長だとしても、もっとコンパクトな自宅兼事務所だと思っていた。

なのに、この豪華さはなんだ。見た目の白さが目を引くが、よく見ると奥行きもそれなりにある。これは、芸能人や著名人が住んでいると言ったら皆が信じるような、白亜の豪邸ではないか。

「…………うっそ」

ドアホンを押そうとして、一旦引っ込めた。

——私、本当に来て良かったのだろうか？　場違いじゃない？

あまりにも豪華なので、ここへきて怯《ひる》んでしまう。

いっそのことこの大きな郵便受けにパンを入れて、回れ右したい。……そうしよう。

郵便受けに入りそうなので、入れておきます……とメッセージを作成中、岐部さんから新しいメッセージが送られてきた。

【今どこですか？】

「えっ」

ご自宅のど真ん前にいます。

【場所、わからないなら俺、外に出てますよ】

——うっ……

ここまで言ってくれてるのに、パンだけ置いて帰るなんてできなかった。それにやっぱり、岐部さんの顔を見ないと安心できない。

勇気を出そうぜ、私。

ドアホンのボタンを押してから数秒後。カチャッと音がして、聞き慣れた岐部さんの声が聞こえてきた。

『はい』

「あの……武林です。遅くなってしまってすみませんでした」

『すぐ行きます』

カチャッと音が切れ、その場で待つこと僅か。玄関ドアが開き、岐部さんが姿を現した。

「武林さん」

声はいつも通り。ハリもあって元気そうだ。ただ、服装はラフなジャージ姿で、ずっと休んでいたことが窺えた。それに珍しく顎髭《あごひげ》が蓄えてある。

——これはこれで……似合うな。いつもより男っぽいなあ。

門扉を開けて私の前にやってきた岐部さんは、笑顔。気のせいだろうか、なんだかとっても嬉しそうだった。

「お久しぶりです〜〜〜〜！　まさか武林さんが来てくれるなんて……夢のようです」

「え？　いや、そんな……あ、パン持ってきましたよ」

はい、と渡して去ろうと思っていた。なのに、岐部さんはまだパンを受け取ってくれない。

「あの、お茶淹《い》れようと思って、用意したんです。せっかくなんでどうですか？」

まさかの申し出に目を見開いた。

「え。お茶ですか⁉　体調悪いのに無理しないでください」

「いえ、もう大丈夫です。一応今日までは休みをもらってますけど、明日からは普通に仕事ですし。もちろん、襲ったりなんかしませんから」

最後のは冗談だと思うけど、どうしよう。

数秒考えた結果、彼の提案を受け入れることにした。

――だって、私のためにお茶を淹れて待っていてくれたんだよ？　せっかくのご厚意、大事にしないと。

と、もっともな理由を付けつつ、やっぱり岐部さんの家の中が気になって仕方なくて、好奇心に負けた。

「じゃあ、ちょっとだけお邪魔します。お茶も私が淹れるので、どうぞお構いなく」

「武林さんが淹れてくれるんだ？　そんなありがたいことしてもらっていいのかな」

ようやくパンが入った袋を受け取った岐部さんに、家の中に誘われる。

二階に位置している玄関の向かいに、事務所の入り口がある。なるほど、家を出て三秒で職場に到着というわけだ。

家の中に入る前からどこもかしこもピカピカで新築のようだったけれど、家の中はもっと綺麗だった。

「えっ……ここ、新築……ですか？」

建てられてから二年経過しているとは思えないほど光沢のある三和土《たたき》に、真っ白な壁。玄関の真上は吹き抜けになっていて、天井からぶら下がった照明によって周囲が照らされている。

玄関の横にはシュークローゼットがあって、その広さに度肝を抜かれた。壁一面に作り付けの棚があって、そこにずらりと靴が並んでいる。パッと見ただけでも革靴とスニーカーがいくつか並んでいた。

「シュークローゼット広いですねー。靴、たくさんお持ちなんですか？」

「たくさんってほどでもないんだけど、ランニングシューズはいくつかあるかなあ。あと、冬はスノボやったりするから、板置いたりしてる」

ちらりと覗いたら、奥の方にカラフルなボードが見えた。

スキーじゃなくてスノーボード派なんだなーと思っていたら、はいどうぞと、もこもこのスリッパを差し出される。グレーのもこもこだ。

「可愛いスリッパ～。肌触りが気持ちいいです」

「もらいものだったんだけど、履いてみたら気に入っちゃって。自分で数個買い足したんだ」

先を行く岐部さんのあとをついていく。壁はほぼ白で統一されていて、清潔感がすごい。フローリングも白に近いベージュだ。

「白がお好きなんですか？」

廊下を見回しながら訊《たず》ねる。

「いや、そうでもないんですけど。ほら、注文住宅って建てるときになんでもかんでも自分で決めるじゃないですか。その作業が面倒で、壁と床は白でって決めちゃったんですよ」

スタスタ歩きながら、岐部さんが淡々と話す。

「全部の壁をってことですか？」

「そうです。ああ、もちろんトイレや浴室、キッチンは防水のものを選びましたけどね。いちいち部屋によって柄を変えたりするのがもう面倒になって。なんせ、事務所も同時に建てたので自分の家の方まで気が回らなくて……」

「な、なるほど……」

といいつつ、実際に家を建てたことがないので、あまりよくわかっていない。

一緒に事務所も建てたとなると、普通の戸建てを建てる時よりも数段大変そう。そして、お金もかかる……

――かかった金額のことを考えると頭が痛くなりそう……でも、この家の造りとか壁に飾られた絵とか置物を見ると、かなり会社の経営はうまくいってるんだろうな。

すごすぎる、と前を行く岐部さんの背中をじっとり見つめる。

先にリビングに到着した岐部さんがドアを開け、私が来るのを待っている。

「どうぞ」

「失礼します……うわ」

入った瞬間、吹き抜けの広い空間が飛び込んできた。天井からぶら下がっている照明は、玄関の真上にもあったものと似ている。照明はそれだけでなく、他にもスタイリッシュな間接照明がいくつかあって、緑が美しい高さのある観葉植物とのコントラストが美しい。

リビング内にアイランド型のオープンキッチンがあり、その作業台の横にダイニングテーブル。部屋の中央に大人が三人は余裕で座れる大きなソファーがあり、それに座ると目の前にある大画面テレビを優雅に眺めることができる……というわけだ。

わかりやすくお金持ちの部屋、といった感じだろうか。

しばらくぽかーんと部屋を眺めたまま固まってしまう。身近にこんな部屋に住んでいるような人が一人もいない私にとっては、異世界というか非日常すぎた。

「……き……岐部さんは、ここに一人で住んでいるんですか？」

「そうですよ」

キッチンに移動した岐部さんが、棚から出したティーカップをキッチンの作業台に並べている。

「武林さんはルイボスティー飲めますか？」

「飲めますよ。それよりもお茶は私が淹れるんで、岐部さんは座っててください。病み上がりだってこと忘れちゃだめですよ」

「もう大丈夫ですよ。風邪とかじゃないんで」

座ってるようお願いしたのに、岐部さんは座ることなく私がお茶を淹れるのを眺めている。

先の細いポットからカップにルイボスティーを注ぐと、独特の香りが周囲に広がっていく。ルイボスティーの透き通った赤褐色が美しい。

「ルイボスティー、お好きなんですか？」

若い男性だとコーヒーとかが好きそうなのに、ルイボスティーと聞いたときは意外だった。

私の質問に対し、岐部さんが苦笑しながら小さく首を傾げる。

「好きとかそういうんじゃない……かな。体にいいって聞いてからちょこちょこ飲むようにしてるだけなんです。前はコーヒーとか、忙しい時はエナジードリンクばっかり飲んでましたから」

「え。エナドリですか？　飲みすぎはよくないですね……」

「周りに止められました。それ以降体に気を遣うようになって、朝方に切り替えました。朝、ランニングを始めたのもその頃からなんです」

カップをダイニングテーブルに置くと、岐部さんが椅子に腰掛け、カップを持った。

「良い香り。武林さんが淹れてくれたからか、いつもより香りがいい」

「そんなことないと思いますけど……あ、パン！　これ、どうぞ」

ダイニングテーブルの上に置かれたビニール袋から、持参したパンを一つずつ取り出し、テーブルに並べていく。

「玉子とハムのサンドイッチ、照り焼きチキンのサンドイッチ。それとこれはポテサラのサンドイッチ。あと、ついでのクリームパンとシナモンロール。で、おまけの食パンです」

一つ一つにしっかり視線を送っていた岐部さんが、なぜか途中から笑い出した。

「あのー。なんか、ついでとおまけが多くないですか」

「す、すみません……もし食べ物なかったら困るだろうから多めにって思ったら、こんなになっちゃいました……あ！　もちろん、余ったら持って帰りますから、気にしないでください」

「そんな、まさか。せっかく俺の為に買ってきてくれたものを持って帰らせるとか、ありえないですよ。全部いただきます」

笑顔でありがとうございます、と言ってくれるのは嬉しいのだが、サンドイッチだけでも三つあるのだ。本当に大丈夫だろうか。

「武林さんは、もう夕飯を済ませたんですか？」

「私ですか？　いえ、まだです……」

「じゃ、よかったら一緒に食べましょうよ。もちろん、いやでなければですが」

にっこりと微笑みながら、岐部さんが私の返事を待っている。

――え、本気で言ってる……？

「え、あ、あの……」

「ぜひ」

岐部さんからのダメ押しで、あっさり陥落した。

「じゃ、じゃあ……お言葉に甘えて……でもまず、岐部さんが食べたいものを選んでください。私は残ったものから選ばせていただきます」

「やった。じゃ、早速。俺は照り焼きチキンサンドとシナモンロールをもらいます」

じゃあ私はどれにしようかな、とパンを眺める。まず先に食べないといけないのは日持ちしないものだ。

「じゃあ……玉子とハムのサンドイッチをもらいますね」

「それだけで足りるんですか？」

「と、とりあえず。足りなかったらそのときまた考えます」

一人で食べるならもっといけそうだけど、目の前に岐部さんがいるこの特殊な環境だと、自分の食欲がよくわからない。

――サンドイッチ一つ食べただけでもうお腹いっぱい、ってなりそう……

「連絡ありがとうございました」

「え？」

サンドイッチの包みをペリペリ剝《は》がしていると、岐部さんに声をかけられた。

「もしかして、心配してくれたんですか？」

喋《しゃべ》り方《かた》は普通だけど、顔が嬉しそうだ。

「そりゃ、まあ……毎日のように朝、遭遇してましたし。出張に行ったあとだからお疲れなのかなって思ってたんですけど、数日見ないから気になってしまって」

「そっか、気にしてくれてたのか……」

独り言のような呟きが聞こえてきた。そしてこのあとすぐ、岐部さんからこの数日間に関しての詳細が語られた。

「出張に行った日は結局帰れなくて。お願いしたパンは、職場の人に取りに行ってもらったんです」

「あ、そうだったんですか」

「ええ。で、翌日の昼に食べた牡蠣にあたっちゃって。といっても病院を受診するほどじゃなくて、家で静養してたらよくなりました」

「……もう大丈夫なんですか？」

彼の顔を覗き込む。

「本当に大丈夫です。そのために泣く泣く朝のランニングも中止して家に籠もってたんですから。職場も、スタッフに来るな、休めと言われて。ここ数日、一歩も家から出てないんです」

「だからヒゲ？」

私が自分の顎を指で示すと、岐部さんがははっ、と笑った。

「そうです。家から一歩も出ないなんてめちゃくちゃ久しぶりだったので、本当に何もしないでごろごろしてたんです。お陰でいい気分転換になりました」

よく見ると顔色もいい。彼が言うとおり、きっかけは不運だったけど体を休めるためにはよかったのかもしれないな。

話し終わった岐部さんが、ばくっと勢いよくサンドイッチにかぶりついた。

「ん。美味い。照り焼きの味が俺好みです。マヨネーズとよく合ってます」

「本当ですか？　よかった～。そのサンドイッチ、男性に人気あるんですよ。だから、メッセージ見終わったあと急いで取り置きしておいたんです」

「そうなんですか？　ありがとうございます！　いやあ、武林さんの優しさ、沁《し》みますわ……」

そしてなぜか、食べる手を止めじっと見つめられる。

——ん？　なんだ……？

「……あの、なにか……？」

「いや……なんというか、自分の家に武林さんがいるっていうのがまだ現実とは思えなくて。生きてるといいことがあるもんですね」

「またまた、大げさな」

可笑《おか》しいことを言う人だなあと、声を出して笑った。

「そうでもないです。割と本心です」

え？　と思い岐部さんを凝視する。ばちっと目線がぶつかると、岐部さんが頬杖《ほおづえ》を突きながら微笑んだ。

「もしかしてまだ気がついてないんですか？　俺の気持ち」

「え？　気持ちって……」

心臓が小さくときめいた。

——この流れ。もしかして……

考えついた答えはあれしかない。でも、まさか彼が私にそんな気持ちを抱くなんて考えられない。

「武林さんをどう思っているか、ってことです。俺、かなりわかりやすかったと思うんですけど」

「え、あ、あの……それは……もしかして……」

「なんだと思います？」

訊ねてくるその顔は、私の返事を期待しているのか、それともこの状況を楽しんでいるのか。真意はわからない。

ただひとつ言えるのは、この状況に全く頭がついていかなくて、私がパニックになりそうだということ。

「やっ……あの、それって岐部さんが私に気がある、みたいに聞こえますけど……」

「はい。その通りです」

「⁉」

あっさり肯定されてしまい、声が出ない。

慌てる私を見て、岐部さんが「あはは」と笑い声を上げた。

「驚かせてしまって申し訳ないです。でも、いくら病み上がりだからって気のない女性を部屋に上げたりしない、ということをわかってほしかったんです」

「……そうなんですか？　でも、お隣が職場だとスタッフの方とか……」

「スタッフを家に上げたことはないです。俺、そういうのはきっちりしたいんで」

少しだけ表情が硬くなった。こういうのを見ると、彼が言っていることは本当っぽい。

「だ……だからって、なんで私なんですか？　特別きっかけもなかったような……」

テーブルの上に乗せた手をぎゅっと握っていると、なぜか向かいから彼の手が伸びてきて、私の手を包むように被《かぶ》せられる。

「きっかけなんかめちゃくちゃあったじゃないですか。毎朝遭遇して挨拶を交わしたり。偶然声かけた俺にパンくれたり、一緒にうどん食べに行ったり、俺に会わないからって心配して連絡してきてくれたり。そんでこうしてパン持ってきてくれたじゃないですか。もう、俺にとっては全てがきっかけですよ。武林さんに会うたびに俺、あなたのこと好きになっていくんですから」

早口で捲《まく》し立《た》てられる。珍しく興奮気味な岐部さんを前にして、呆気《あっけ》にとられてしまう。

自分の行動の一つ一つが、彼に恋心を抱かせるきっかけになるなんて思ってもみなかった。

「うそ……」

好きって言ってもらえるのは嬉しいけど、これ、どうしたらいいの？

――正直言って、私、岐部さんのことを好きかどうかよくわからないし……

もちろんいい人だとは思う。一緒にいて気が楽だし、いやだと思うところが一つもない。

それにイケメンで、会社を経営できるほどのスペックを持つ人など、巡り合うこと自体があまりない。そんな人に好意を持たれて自分は幸運だと思う。

だけど、気がかりなことが。それは……

「……岐部さん、今二十五歳でしたよね？」

「はい」

「私、二十八なんです。その……年齢のことを理由にするのは申し訳ないんですが、私、年下の男性とお付き合いってしたことがなくて……」

「それのなにが問題なんです？」

あっさり反論が返ってきて、うっ、と狼狽《うろた》えた。

「いやあの……私、これまで身近にもあんまり年下の男性がいなかったから、正直、どんな感じで接すればいいのかよく……」

「どんな感じもなにも、普通に接すればいいんですよ。それに、年下っていってもたった三つですよ。ほとんど変わらなくないですか？　武林さんの店にも若い男性が来るでしょう？　そういう人達に接するように俺と接してくれればいいんです。難しいことはなにもありません」

「いや、接客と恋愛は違うじゃないですか……」

岐部さんが私の手をぎゅっと握ってくる。心なしかさっきよりも岐部さんの手が熱いような気がした。

「年齢のことは極力気にしないでください。それよりも、俺自身を見て。それで、付き合えるかどうか考えてみてくれませんか」

「そ……そう言われても……」

続く言葉が出てこない。

どう言えば彼に今の気持ちをわかってもらえるのだろう。

困惑していると、それを見越したかのように岐部さんが口を開く。

「年齢のことがネックだと言われてしまうと弱いんです。どうやったって年齢の差は埋められないから。でも、それ以外に付き合えない理由がないのなら、俺は諦めませんよ」

諦めない、という岐部さんの強い言葉に胸が熱くなった。

私のどこをそこまで気に入ってくれたのかはまだはっきりしない。でも、彼が私と付き合いたいという強い気持ちだけは、嘘じゃないと伝わってくる。

正直言って、今、ものすごく気持ちが揺れている。

元々、岐部さんに好意は持っていた。でもそれは恋愛感情ではなく、性格のいい人だなとか、若いのに社長さんですごいという尊敬の気持ちとか、そういった類いのものだった。

それを急に恋愛感情を持て、男として見ろ、と言われてもすぐには難しい。

……でも。

彼に告白されて驚きつつも、嬉しいと思っている自分がいるのも確かなのだ。この複雑な気持ちを、どう説明すればいいのだろう。

「あの…………」

岐部さんにちらっと視線を送り、逸《そ》らす。それを繰り返していると、今度は手を彼の両手で握られる。

「はい！」

ものすごく返事を期待しているっぽい岐部さんのキラキラした眼差《まなざ》しが、眩《まぶ》しい。

「私、岐部さんのことは人として好きです。でも、恋愛感情かどうかって聞かれると、ちょっと……」

「全然問題ないです。人として好き、嬉しいですありがとうございます」

――ポジティブすぎてなんか調子狂うな。

「で、でね？　そんな感じで、岐部さんに対しての感情がなんなのかはまだちょっとはっきりしないんだけど、でも、岐部さんの気持ちはすごく嬉しいです。ありがとうございます」

「とんでもないです。……で？」

「え？」

岐部さんが軽く身を乗り出す。

「武林さん的にはどうですか。俺」

「どうって……岐部さんは素敵な方だと思います。外見はもちろんですけど、一緒にいて楽しいですし……男性としてすごく魅力のある人だと思っています」

――確かにそう思ってはいる。間違ってない。でもこんなこと言ったら、相手が期待するだけなのでは？

自分で言ってて疑問に思う。これを岐部さんはどう思うのだろうと。

すると案の定、岐部さんが目を大きく見開いた。

「一緒にいて楽しいって思ってくれるんですね。嬉しいな」

「で……でもですね、さすがにいきなり恋愛対象として見るのは、難しいかなって……ほら、これまではご近所さんとか、お客様として見ていたわけですし」

「最初の出会いなんてみんなそんなもんです。俺が今、あなたに告白したのは、そこから一歩進んだ関係になりたいと思ったからです」

「一歩進んだ……」

岐部さんが微笑む。

「そうです。これまでの関係から、一歩だけ。ご近所兼店の常連から、まずは武林さんの友人になりたいです。それならいいですか？」

――まあ……それなら全く問題はない、よね？

自分の中で納得がいったので、小さく頷いた。

「はい。問題ないです。じゃあ、今からお友達ってことで……」

「ありがとうございます。友人になったということは、友人から恋愛関係に発展するのはおかしいことじゃないですよね？」

「え」

今思い出したが、岐部さんの手はまだ私の手を握ったままだった。私の手の甲を指でするりと撫《な》でられた瞬間、背中がざわりとした。

「わざわざこうして俺の家に来てくれて、今こうして一緒にパンを食べている。ってことは、武林さんの気持ちが調《ととの》って、俺を恋愛対象として見てくれる日はそう遠くない、と思っていいんでしょうか」

「え……」

彼の言葉にドッと心臓が跳ねた。

言葉だけじゃない。私を見つめるその眼差しは、これまでと違い熱を帯びている。

これにドキドキしない女なんかいない……と思う。

「あ、あの……岐部さん？　そんなに見ないで……」

視線に耐えきれなくなって、思わず顔を背けた。すると、彼はようやく私の手を解放し、笑ってくれた。

「すみません。でも、俺としてはすぐにでも武林さんと付き合いたいんで、必死なんです」

「……なんでそんなにすぐ付き合いたいんですか？」

特になにも考えず訊き返したら、逆になんでそんなこと訊くの？　みたいな顔をされる。

「そりゃ、好きな人がいたら付き合いたいって思うのは自然なことじゃないですか？　だって、あなたの気持ちが変わるのを待っている間に、どこからか別の男が現れてあなたを奪っていったりしたら立ち直れないし。こういうのって椅子取りゲームみたいなもんだと思ってるんで」

彼の言葉にクラクラと目眩《めまい》がしそうになった。

他の男が奪っていくとか。そんな漫画やドラマみたいなことありえないのに。どこまで先のことを考えているのだろう。

「な、なるほど……でも、そんな心配は無用です。私、モテませんし」

「そんなことないです。そう思ってるのは、きっと武林さんだけですよ」

いや、本当にモテないからここ数年一人なんですけど……と心の中で思う。

「俺も、武林さんが俺のことをもっと好きになってくれるようこれから努力するんで。だから、よろしくお願いします」

ただでさえ今、これだけイケメンでスペックも高いのに、これ以上どう努力するのだろう。

「岐部さんはこれ以上努力するところなんかないのでは？　むしろ、努力しなきゃいけないのは私の方ですよ」

「武林さんが？　いや、それこそどこをって話ですけど」

岐部さんがキョトンとする。

でも、本当に私は努力しなきゃいけないところばかりある。まだこの場で彼には言えないけど。

「あるんです、いろいろと。……じゃあ、私はそろそろ」

ふと部屋の壁にあった時計が目に入った。病み上がりの人の部屋でのんびりするわけにはいかない。

「え。もうですか？　まだゆっくりしてていいのに」

「いえ、私がいたら岐部さんが休まらないでしょ？　それに私、明日も仕事なので」

席を立ち、バッグを肩にかけていると、岐部さんが立ち上がった。

「家まで送ります」

「えっ！　いいですよ‼　本当にここから近いんです、だから……」

「ダメです。こんな時間にあなたを一人で帰らせるわけにはいきません」

きっぱりと断言され、返す言葉もない。

「う……じゃ、じゃあ……お言葉に甘えてよろしくお願いします……」

承諾したら、岐部さんがにっこりした。

岐部さんの家を出て徒歩約三分から四分。私の住むワンルームマンションが見えてきた。

「そこなんです」

私がマンションを指さすと、岐部さんが興味深そうに建物へ視線を移した。

「へえ。本当に近くだったんですね」

「そうなんです。だから毎日のように朝遭遇してたんですね……」

マンションのエントランス前で立ち止まり、ここまで送ってくれた岐部さんに頭を下げた。

「病み上がりのところ、本当にありがとうございました。帰り、気をつけてくださいね？」

「はは。そうですね、気をつけて帰ります。それよりも、武林さん」

「はい？」

何の気なしに顔を上げた。

「俺、いつまであなたのことを名字で呼べばいいのかな。友人に昇格したことだし、そろそろ名前で呼びたいです」

「え」

「萌乃さんって呼んでもいいですか？」

「え、あ……ど、どうぞ……」

別に名前で呼ばれることに抵抗はない。

たいしたことはないはず……なのに、名前で呼ばれた瞬間、一気に彼との距離が縮まった気がして、なんだかこそばゆい。

「やった。じゃあ、今から萌乃さんって呼びますね。萌乃……って、可愛い名前ですね」

へへっと照れる岐部さんを前にして、私まで照れた。

「え。あ……ありがとうございます……」

私の名前なんかより、照れる岐部さんが可愛いんですけど。

喉まで出かかったけど、男性に可愛いというのはあまりよろしくない、というのを昔どこかで見た覚えがあるので、言わなかった。

照れ顔から元の穏やかな微笑みに戻った岐部さんが、私を見下ろす。

「萌乃さん。よかったら今度、一緒に出かけませんか?」

「へ……」

「一歩進んだとはいえ、まだまだ私とあなたには距離がある。その距離を縮めるためにも、一緒に過ごす時間が必要だと思うんです」

「……まあ、それはそう……ですね」

確かにお互いのことを知るには、一緒に過ごす時間を増やすのが一番の近道だ。

私はまだ岐部さんに恋愛感情は抱いていない。でも、この人のことをもっと知りたいとは、思う。

「萌乃さん、不定休ですよね？　よかったらあとで空いてる日を教えてください」

「あ……？　は、はい」

休み。そうか、岐部さんは週末がお休みだけど私は不定休だから、合わせないといけないのか。

「わかりました。あとでメッセージ送りますね」

「ありがとうございます。……じゃあ、俺はこれで」

岐部さんがなぜか周囲を見回してから、私の手を取った。ん？　と思っていると、彼が素早く手の甲にキスをしたので、ビクン‼　と体が揺れてしまった。

「はっ⁉　な、えっ⁉」

狼狽《うろた》える私を見て、クスッといたずらっ子みたいに笑ってから、ようやく手を離してくれた。

「じゃあ、おやすみなさい」

「お……おやっ、すみなさい……」

最後にとんだ置き土産をくれた。そんな岐部さんの背中が見えなくなるまで見送ってから、自分の部屋に帰った。

まさか岐部さんに告白されるとは思わなかった。お陰で、彼の家から自分の部屋に戻った私は、しばらく放心状態で着替えもせずぼーっとしていた。

でも、一時間くらいするとだんだん現実に引き戻された。そんな私は、自分の部屋を見て小さくため息をついた。

部屋の中は、パンの特集をした雑誌が所狭しと置かれている。本棚はパンのことを記した雑誌と書籍でパンパンだ。（パンだけに）

本だけならまだしも、リビングにはパンをストックするための冷蔵庫まである。大概友達を招き入れたとき、そこそこ大きな冷蔵庫がキッチンとリビングに一つずつあることに驚かれる。

——メインの冷蔵庫だけじゃパンが入りきらなくって、思いきって買ったのよね、サブ冷蔵庫。

この部屋は、パン好きによるパン好きの為の部屋だ。

サブ冷蔵庫の中にはパンだけでなく、パンに使用するジャムやバターなども保管されている。それは私が全国からお取り寄せしたものばかりで、日替わりで美味しいパン生活を楽しむ為に必要な物だ。もちろん冷蔵庫に入っているのは使用中のものだけで、未使用のものは別の場所に保管してあるのだが。

——いくらパンが好きになった岐部さんも、この部屋を見たらなんて言うか……

ここ数年全く恋愛とは疎遠の生活を送ってきたこともあり、私の部屋はパンに関するもので溢れかえっていた。クッションもクロワッサンと食パンだし。

こんな部屋に岐部さんを呼ぶことなんか恥ずかしくってできない。パン好きにも程があるでしょ、と笑われるのがオチだ……いや、笑ってくれるならまだマシ。絶対引かれる……

でも私のパン好きはもう治らないし治すつもりもない。となると、この状況を岐部さんに納得してもらうしかない。

――納得……するかね、これ。

部屋の中を見回しながら、どうしよう……と頭を抱えた。


「そういえば、最近来ませんね。武林さんのお知り合いの人」

職場での昼休み中。休憩室で自作のお弁当を食べていたら、午後からシフトに入っていたパートさんが入ってきた。

このパートさんは河津《かわづ》さんという。細身の美人で、高校生の息子さんがいる河津さんは、これまでに何度か岐部さんと遭遇している。とはいえ毎回私と彼が挨拶や、ちょこっと会話を交わす程度だったので、彼女に私達が親しい仲だとバレることはなかった。……と、思っていた。

でもこうやって彼が来ないことを私に言ってくるということは、やはりなにか勘付かれているのではないか。そう思わずにいられない。

「そ、そうですね……」

ビクビクしながら返事をする。

「あのかっこいい人、もうパンに飽きちゃったんですかね？」

ユニフォームに着替えながら、河津さんがため息交じりに零《こぼ》す。

もしかして、彼が来ないのを寂しいと思ってくれているのかな。

「いや、そんなことはないと思いますよ。多分、忙しいんじゃないかな、と……」

岐部さんとは、これまでのように毎朝遭遇して、ちょこっと会話を交わしている。

その際に、溜《た》まった仕事を片付けないといけないので、申し訳ないが数日店には行けない、と話していた。

彼が店に来ないのは少々寂しいけれど、仕事も頑張ってもらいたいので仕方ない。

「そっかー。なんだ……密かに楽しみにしてたのに。で、あの人ってやっぱり武林さんの彼氏さんとかですか？」

いきなり核心を突いてきたので、食べていたものをむせそうになってしまった。

「ちょ……河津さん!?　なんですか藪《やぶ》から棒《ぼう》に」

「いや、わかりますよさすがに。だってあの人、入ってくるなり武林さんの姿探してるし、レジだって武林さんのところに来るじゃないですか。めちゃめちゃわかりやすいです」

――よく見てるな……なんか、私が恥ずかしくなるんですけど……

「いやあの……付き合ってはいない、です」

事実なのだから、きっぱり否定した。

「でも、相手は間違いなく武林さんに気がありますよね？」

これには黙秘する。

「まあ……‼　いいですねえ、この先が楽しみですね‼　私なんかもう二十年くらい夫にときめいてないから羨ましいです」

「え。二十年もですか⁉　さすがにそんなことないんじゃ……」

反論すると、河津さんが静かに首を横に振る。

「ないですよ？　子どもができてからはとくに。まあ、ふとした瞬間に穏やかな幸せは感じたりしますけど、付き合っている頃のようなときめきとかドキドキっていうのは、そのときだけのものですね」

「そういうものなんですね……」

「そう。だから、武林さんもじゅうぶんにときめいてくださいね～。まあ、あんなイケメンが相手ならいやでもときめくだろうけどね？」

クスクス笑いながら、河津さんが休憩室を出て行った。一人残された私は、彼女が言ったときめきについて弁当を食べながら考える。

──ときめきか……そう考えると、私、岐部さんと一緒にいるときって結構ときめいているような気がする。

私に好意を持っているのをほのめかすような言葉や、初めて名前で呼ばれたときとか。一番ドキドキというか、びっくりしたのは手の甲にキスされたときだけど。

それぞれの場面を思い返すと、いまだに胸が痛いくらいドキドキする。

──うっ、やば……今、顔赤くなってないよね？

慌ててポーチに入っていた鏡で自分の顔を確認した。

まだ付き合ってもいないのに、今からこんな調子じゃ、私、どうするんだろう。

しかも、もうじき二人で出かけることになってるのに。

岐部さんと一日一緒に過ごすことを想像しただけでそわそわして、今から彼とのデート当日が不安になって仕方なかった。


先日、岐部さんの家から帰宅後。彼に私のスケジュールをメッセージで送った。

ほぼ全ての休日に予定が入っていません、という悲しい状況をお伝えするのは勇気が要ったが、気にしない。

送信して数分後、すぐに岐部さんからメッセージが入った。

【予定ありがとうございます。こうしてみると萌乃さんって働き者だなあ……連休もほぼ

出勤だし、正月も元旦以外は出勤なんでしょう？】

確かに。もちろん勤務先が元旦くらいしか定休日がない、という事情もあるけれど、私って、スケジュールのほとんどが仕事しているか家にいるかしかない。

【そうですね、店がオープンしているので。それに連休は、ご家族のいるパートさんがほぼほぼシフトに入れないので、私みたいな独り身が重宝されるんです】

自虐交じりのシフト事情を送ったら、すぐに返事が来た。

【いつもお疲れ様です。頑張るのは素晴らしいことですけど、あまり無理しないでくださいね】

文面を見た瞬間、胸の辺りがじわじわ温かくなる。

人に頑張りを褒めてもらえるのは嬉しいもんだ。そして、体の心配をしてもらえるのも。

「ふふっ……はい、気をつけます」

思わず独り言が漏れるくらいには、彼からのメッセージが嬉しかった。

お互いの休みを確認して、たまたま休みが重なった土曜日に出かけることが決まった。

【楽しみにしています】

という岐部さんのメッセージに軽くときめきながら、その日にどんな服を着ようかぼんやりとしたイメージを膨らませる。

まだ考えている段階なのに、意外とこれが楽しかった。というのも、ここ数年誰かと会う為だけに服を選んだり、買いに行ったりすることがなかったからだ。

「どうしようかな～……」

普段は着回しや洗濯のしやすさなどを重視して、駅ビルに入っているファストファッションの服ばかり愛用している。でも、やっぱりデートにはそれっぽい服を着たいし、この機会に着てみたい。

そこで思い立った私は、とある友人にメッセージを送ってみることにした。

その友人は大学時代のクラスメイトで、今はアパレルの本社に勤務している。

学生時代、バイトに明け暮れて服装なんか適当だった私と違い、彼女は当時からお洒落《しゃれ》でセンスがよかった。だから今でも服やスタイリングで悩んだ時は、彼女に相談することが多い。

私がデートに着ていく服がよくわからないから教えてくれ、とメッセージを送ると、いつも忙しい彼女にしては珍しく、即レスだった。

【なんですって】

【あんたいつ彼氏できたの】

食いつきっぷりがすごい。

ちなみにこの友人には過去の恋愛の全てを話してある。ここ数年私が恋愛から遠ざかっていることも知っていて、たまに会えばそれを嘆かれている。

『せっかくの二十代を……勿体《もったい》ない……』

会うたびにこう嘆いていたくらいだ、私からデートという単語が出て驚いたに違いない。

彼氏じゃないよ……と事情を説明したら、早速話が聞きたいからと言われ明日会うことになった。こういうときの彼女の行動力がすごい。でも、ありがたい。

明日、仕事が終わり次第彼女の職場に近いターミナル駅まで移動して、一緒に夕飯を食べる約束をした。

そして翌日。仕事を終えて駅ビルの出入り口付近で彼女を待っていると、改札の辺りから手を振りながらこちらに歩いてくるお洒落なお姉さんがいた。

彼女の名は、岡野《おかの》冴《さえ》。ライトブラウンにカラーリングしたボブヘアに足首まで隠れるマキシ丈のワンピース。パッと見ただけで使い込んでいるとわかる革のバッグがワンピースとよく合っている。その手には大きな紙袋があり、よく見ると彼女が勤務しているアパレルメーカーが扱う女性向けブランドの名前がプリントされていた。

「よー！　萌乃久しぶりー。なんか、ちょっと会わない間にすごいことになってんね」

「ねー。私もびっくりなんだけど……」

話しながらビルの中へ進む。そのビルに入っているイタリアンを予約しておいたので、真っ先にその店に向かった。

その店は通し営業の店だが、夕飯を食べるにはまだ時間が早いので、店内はまだ数組のお客がいるのみだった。

予約したボックス席に通されると、スタッフの女性が離れた隙に素早く冴が口を開く。

「でっ。相手どんな人なの⁉」

彼女はさっきからそれが訊きたくて仕方ない、と言った様子で身を乗り出してきた。

「どんな……どんなって、その……いい人だよ。ただ、三つ年下なんだけど」

「年下‼　萌乃が年下と……‼」

多分、冴の中に私が年下の男性と仲良くなるイメージがなかったのだろう。

――まあ、前に付き合ってた人年上だったしね……

「ねえ、写真とかないの？」

「な、ないよ。まだ付き合ってないし」

「じゃあ、名刺とか」

「あ。名刺ならあるわ。ちょっと待って」

そういえば岐部さんにもらった名刺が、カードケースに入れたままになってるはず。

案の定カードケースの中にあった岐部さんの名刺を、冴に渡した。それを見た途端、冴の表情が笑顔から真顔になる。

「え。ちょ……ちょっと待って。さっき年下って言ったよね？」

「うん。年下だよ、その人」

「年下なのに代表取締役……⁉　しかもこの会社って……」

驚きつつ冴がスマホを取り出し、素早く指をタップする。何かを調べているようだが、しばらくじっとスマホを見つめてからため息をついた。

「やっぱり……なんかこのロゴマークどっかで見たことあるなって思ったのよ。岐部さんっていう社長は見たことないけど、この会社が親会社の人材派遣会社から数人うちに来てるもん」

「え。岐部さんとこの会社って人材派遣もしてるの？」

「その人が経営しているっていうか、関連会社みたいね。岐部さんのとこはＷｅｂデザインとかアプリ開発がメインみたい。ほら、数年前空いた時間を有効活用する人材派遣アプリみたいなのができたの知らない？　気軽に登録しやすいって評判で登録者数も結構多いんだけど、うちもそこから短期間のアルバイトスタッフをよく採用してるの。派遣会社の担当者のフォローもしっかりしてるし、周りの評判もいいよ」

「……そ、そうなの？　知らなかった……」

——すごいな、岐部さん……

もう、いろいろすごすぎて、自分より年下っていうのが信じられない。

それよりも名刺をもらっておきながら、カードケースにしまい込んで見ることもなく、彼について何も調べなかった私って一体。

岐部さんに興味がなさ過ぎじゃない？　と自分をひっぱたきたくなる。

でも、あんまり知りすぎるのもどうかと思った、てのもある。

岐部さんがすごい人だって知れば知るほど、自分と釣り合わないいんじゃないかって気後れしてしまうから。

引き続き岐部さんについての話をもっとしたいところだけど、まずオーダーをしなければと、二人でメニューを覗き込む。

二人ともパスタコースを選び、私はボロネーゼ、冴はワタリガニのトマトソースを選んだ。セットドリンクは二人ともコーヒーにしたけれど、それとは別で白ワインも注文した。

先に持ってきてくれたワインをグラスに注いでもらい、まず乾杯をした。

「すごいわね萌乃、こんなすごい人にデート申し込まれてるなんて。一体どこで知り合ったの？」

「それが……ご近所さんだったの。朝、出勤する時にいつも遭遇して挨拶はしてたんだけど、あるとき向こうから声かけてくれて。そこからなの」

ワインを飲みながら、冴がふうん……と頷く。

私もワインを口に運ぶ。マスカットのようなフルーティーな味わいは、後味もすっきり。がぶがぶ飲めそうだけど、飲み過ぎるとあとが怖い。気をつけよう。

「そうなんだ。どんな縁があるかわかんないもんねえ……でも、相手が相手だけにこれは頑張らないとね！」

俄然《がぜん》盛り上がってきた、と呟いた冴が、ガサガサと紙袋の中を漁っている。

「さっきから気になってたんだけど、それなに？」

「んー、私が持ってる服の中で、萌乃に似合いそうなものをいくつか選んできたの」

「えっ、嘘。そのために持ってきてくれたの？」

冴の持っている服はどれもお洒落だ。でも、それはお洒落な冴が着こなすからであって、同じ服を私が彼女のように着こなせるという保障はない。

だんだん不安になってきた私を差し置いて、冴がバサッと服を袋から出してみせる。

「年下の男性とデートなら、こんな感じのワンピはどうかなー。萌乃、スタイルいいから着こなせるだろうし」

「花柄……普段あんまり着ないけど……」

彼女が取り出したのは、鮮やかな花がプリントされたロングワンピース。これにアウターを合わせればバッチリだと彼女は言うが、普段あまり着ない服なので気が進まない。

こんな私に、冴が「じゃ次」と別の案を提案してくる。

さすが、付き合いが長いだけあって私の気が進まないときの対処法をよくわかっている。

「こっちはどう？　短めのトップスにこのスカートを合わせるの」

今度の提案は無地のトップスとロングスカートの組み合わせ。こっちの方が私に合いそうである。

「こ……こっちの方が私に合いそうかな？」

「よし。じゃあ、これに合わせるアクセサリーはこれね」

小さな巾着袋の中からアクセサリーをいくつか取り出し、こんな感じ。と言って実際につけてみせてくれた。

自分じゃ絶対買わないようなデザインのアクセサリーは、服と絶妙にマッチ。

さすがのセンスにぐうの音も出ない。

「アクセサリーまで……‼　ありがとう、助かるよ～」

「いいってことよ。ちなみにこの服はあげる」

「えっ‼　そんな、いいよ。デート終わったら返すって！」

これに対して、冴が手で「いらない」と制してくる。

「いいのよ。っていうか、職業柄どんどん服が増えて困ってるのよ。もらってくれると逆に助かるの」

「ありがとう……これ、冴のとこのブランドだよね？　嬉しい……じゃ、今日のここは私の奢《おご》りで！」

「うっそ、いいの？　ラッキー！」

といっても服より全然安くて申し訳ないんだけど。

あとはこの服にはこういうバッグが合うとか、靴はこういうのを合わせるといいというアドバイスをもらった。センスのいい人からのアドバイスはめちゃくちゃありがたいし、助かる。

「で、デートするってことはもう付き合うんでしょ？」

新鮮野菜のサラダやキッシュなどが乗ったオードブルのプレートが運ばれてきた。それをフォークで食べつつ、冴が私を窺ってくる。

「つ……付き合う……のかなあ……でも、本当に告白されるまで恋愛感情とか全くなくて。でも、相手はすごくいい人だから断りにくいっていうのもあるし……」

「なんで断るの。好きな人もいないんだし、付き合っちゃえばいいじゃない。もしかしてまだ前の恋愛引きずってんの？　今度の人が前の人みたいなことするとは限らないよ？」

「そうだけどさ……」

冴は鋭い。彼女は私が数年前の恋愛で、深く傷ついたことを知っている。

だからというのもあるけれど、この人は私の考えていることをいつもよく見抜く。

「前の男はクソよ、クソ。そんなのと比べられたら、その社長さん可哀想よ。若いのに会社興《おこ》して頑張ってるのに、二股野郎と同じレベルで考えられちゃったら……」

「いやいや、さすがに同じレベルでなんか考えてないって！　そうじゃなくて、向こう三つも年下じゃない？　男の人って若い人が好きだと思ってたから、なんかね……」

「やっぱり引きずってんじゃん」

「……すみません……」

冴が目を細めて私を睨《にら》んでから、仕方ないな、とばかりにため息をついた。

「……まあ、男が皆、年下の女が好きってわけじゃないみたいだし？　そこは相手を信じてあげようよ。それにたかが三つでしょ？　気にすることないと思うよ。それに、年取ってからの三歳差なんてほぼ無いようなもんなんだから、堂々とデートしてきなさいよ。それ以前に萌乃は見た目が若いから、そもそも年上に見えないと思うけどな」

「そうかな……。冴にそう言ってもらえるとちょっと気持ちが軽くなった……」

冴のフォローに本気でホッとする。

なんだかんだ言って、私、年齢のことをかなり気にしていたのかもしれない。

これだけ応援してもらってるのに、いつまでもうだうだ考えてる自分がバカらしくなってきた。

「わかった。デートしてくる。そこで、岐部さんのことを好きになれそうだって確信したら、お付き合い……する……かも……」

「うん、頑張れ。じゃあ乾杯」

グラスワインをこっちに向けて掲げる冴に、私もグラスを掲げた。

第三章　パン好きならではのデート

岐部さんと出かける約束をした当日。

朝から冴のアドバイスに従い服をコーディネートし、メイクはナチュラルに。いつも結んでいる髪は下ろして、少しだけコテで巻いた。このコテで巻くというのも、冴のアドバイスだ。

――人生で初めてコテ買っちゃった……

このコテというものが慣れるまで扱いが難しい。でも、慣れてしまえばこんな簡単にカールが作れて、すごく気分が上がった。

「便利だなあ……そんで、ちょっと巻いただけでだいぶ雰囲気が変わるもんだなあ」

あまり見慣れない自分の巻き髪に惚《ほ》れ惚《ぼ》れしながら、冴に借りたアクセサリーを着ける。

チェーンの細いネックレスと、ピアスの穴が空いていない私にはこれ！　と冴が勧めてきたのはイヤーカフ。耳朶《じだ》の端っこからスライドさせて装着するのだが、やってみると意外と簡単に着けられるし、俄然お洒落だった。

「可愛い……自分で買おうかな、これ」

お洒落番長のお陰でムクムクと物欲が湧いてくる。でも、今日は買い物がメインではないので、ちょっと落ち着こう。

準備を終え、時計を確認すると岐部さんが迎えに来るまであと二十分ほど。

しかしここで気になるのは、デートにしては待ち合わせの時間が早いということ。

――待ち合わせ時間朝の八時半なんですけど……もしかしてすごく遠い所へ行くとか？

その辺りを岐部さんに訊ねても『当日のお楽しみにしといてください』と言われてしまった。

朝が早いのは慣れているので全く問題ないが、どこに行くのかが気になって仕方がない。

マンション前に到着次第連絡をくれると言われてはいるけれど、どうにもそわそわして落ち着かない。

――どうしよう……もう外に出て待っていようかな。

さすがに二十分前は早すぎるだろ、と自分に突っ込みを入れ、なんとか堪えて十分前に部屋を出た。

靴は冴のアドバイスどおり、スニーカーにした。服にも合っているし、何より歩きやすさがいい。気を張ったお洒落ではないけれど、いい感じに力の抜けたコーディネートは、私も気に入っている。

——これを見て、岐部さんどんな反応するかな……

まず、彼にスカートを穿《は》いた姿を見せたことがない。それに、ヘアスタイルだって彼の前ではいつも襟足で一つ結びにした姿のみ。

もしかして岐部さんが私だって気がつかない可能性もあるな？　という事実に気がついて一気に不安が押し寄せてくるが、今更後戻りはできない。

もうどうにでもなれ、と階段を下り、マンションのエントランスへ向かう。すると、エントランスに人の姿があって、一瞬息を呑《の》んだ。

——うそ、もういる。

まだ待ち合わせの時間まで数分あるのに……と、急いで彼の元へ向かった。

声をかけると、彼が弾かれたようにこっちを見た。その目が私を捉えるや否や、たちまち大きく見開かれる。

「岐部さん」

「……あ、わかりますか？　武林ですけど……」

「わかるに決まってるじゃないですか」

彼の反応に不安が募って、念の為聞いてみたらすぐに返事がきた。

岐部さんが私に近づき、じっと見下ろしてくる。その目が、なんだかキラキラしているように見えるのは気のせいだろうか。

「わかります。……っていうか、今日の萌乃さん、めっちゃ可愛い……」

「えっ」

「あ！　年上の女性に可愛いってまずいのかな。気に障ったらすみません。でも、本当にすごく可愛い……としか言えない……語彙力なくて申し訳ないです……」

話しながら、岐部さんの顔が徐々に赤みを帯びていく。途中くらいから口元を隠してしまったけれど、男性がこんな顔をするのを久しぶりに見たような気がする。

こんな反応を見せられたら、こっちまで照れてしまう。

「気に障るなんてそんな、ありえないです。すごく嬉しいです……あっ……りがとうございます……」

心の中でまず、冴に向けて「喜んでもらえたー！」と叫ぶ。それから岐部さんを見る。

今日の彼はラフなTシャツと、チノパン。黒とネイビーの組み合わせだけど、黒いシャツの下に着ている白いシャツが差し色になっている。加えてシルバーのアクセを合わせているのが、いいアクセント。足下は私と同じようにスニーカーだ。

――やっぱり岐部さん、お洒落。

心の底から冴にコーディネートをお願いしてよかったと思った。

「岐部さんも、かっこいいですよ」

「え。本当ですか？　やった、褒められた」

くしゃっと笑うその顔にキュンとくる。普段の顔はそこまで年下とは思えないけれど、こうして笑うと年相応だ。

「もしかして随分前から待っていてくれました？」

気になっていたことを尋ねてみた。

「いや、そんなでもないです。少し早く到着しちゃったんで、そこら辺をぶらぶらしてました。じゃ、行きましょうか」

岐部さんが踵《きびす》を返し歩き出す。

「はい。……って、今日はどこに行くんですか？　そろそろ教えてくれません？」

いまだに目的地を聞いていなかったことを思い出す。

私の質問に、岐部さんは意味ありげににやりとする。

「実は、萌乃さんなら喜んでくれるんじゃないかなっていうコースを考えてきたんです」

「……私が喜ぶコース？　ってなんですか……？」

どんなに思い返しても、岐部さんに自分の趣味などを話した記憶がない。でも、岐部さんの顔には私が絶対喜ぶであろうという自信が見て取れる。

「あはは。まあ、到着してからのお楽しみです。まずは俺の車に乗ってもらって、ちょこっとドライブを楽しみましょう」

「わ、わかりました……」

どうしてもサプライズにしたいみたいなので、ここは黙って彼についていくとしよう。

すぐ近くの駐車場に停《と》めてあった彼の車は車高の低いスポーツタイプのツーシーター。

こういう車に乗るのは初めてなので興味深い。頭をぶつけないように気をつけながら乗り込み、目的地へ向かう。

……のはいいんだけど、男性が運転する車の助手席に座ること自体がめちゃくちゃ久しぶりすぎて、早速緊張している。

「……萌乃さん、大丈夫？　さっきからなんか、あんま喋んないけど……」

「えっ？　そ、そんなことないですけど……」

素直に緊張していると言ってしまえばいいのだろうが、それって岐部さんを意識してますって言っちゃうようなもの。だから言いにくい。

「もしかして、二人きりだから警戒してる？」

「えっ？」

教えてないのになぜわかる。

ギョッとして岐部さんを見ると、少々不安げな顔をしていた。

「け、警戒なんかしてないですよ!?　そうじゃなくて……普通に緊張してるんです。男性が運転する車で二人きりなんて、久しぶりだから……」

白状した途端、カーッと体が熱くなってきて、岐部さんを直視できない。思わず視線を窓の方へ逸らしごまかす。

何か言われるかと思ったのに、岐部さんは言葉を発しない。

——なんで黙ってるんだろう？

気になって彼を窺うと、なぜか彼は真顔で真っ直ぐ前を見つめたまま、黙り込んでいる。

それによく見ると、耳が赤い？

「あの……？　なんでノーリアクション……？」

「えっ？　……いや、だって！　それって萌乃さんが俺のこと意識してくれてる証拠ですよね？　てことはですよ、ちゃんと俺のことを男として見てくれているという解釈もできる。違いますか？」

考えていたことを全部言われてしまった。

恥ずかしいけれどその通りなので、ゆっくり頷いた。

「そりゃあ……そうですよ……岐部さんは男の人です。この前もそう言ったじゃないですか……」

「そうですけど、やっぱりもう一度確認したくて。ちゃんと恋愛対象として見てくれてるっていうことですよね？」

「……はい……」

そうでなきゃ、今日こんなに頑張ってお洒落してデートに臨《のぞ》んでない。この頑張りは、岐部さんの為だけのものだから。

そう思ったら、私って岐部さんのこと、結構好きなのではないだろうか。

もちろん人としては前から好きだけど、二人きりになってみると、改めて思い知らされることが多い。

二人きりの空間がいやじゃない。それに彼の吐息が感じられる距離にいられることが嬉しいし、幸せに思う。

――今日一日。この人と一緒にいてみたらきっとわかるはず。これが恋なのかどうか。


「さあ、まずはここで一度降りてください」

岐部さんがとある駅の近くにあるパーキングに車を停めた。

なんだかよくわからないが、とりあえず言われるままに車を降りる。この辺りは繁華街でもないし、商業ビルがあるわけでもない。ちょっと歩けば閑静な住宅街があるような町で、ここに何があるのか私にはさっぱりわからなかった。

「こっちです」

岐部さんの隣に並んで一緒に歩く。腕と腕が触れあう距離に少々緊張しつつ、周りを見ながら歩いていると、『ベーカリー』という小さな看板が見えてきた。

「あれ。パン屋さんがある……」

「はい、最初の目的地はここです」

「えっ。ここ⁉」

言われてベーカリーの外観と、窓から見える店の中を覗き込んだ。店の大きさから推測できるのは、個人経営のベーカリー。窓から見えるショーケースも小さくて、パンの種類はあまりない。

「えっ？　あの……ここって……」

「パン好きの萌乃さんが喜んでくれるようなパンを作ってる店をいろいろ探したんだ。この店がそのうちのひとつ。ここは、クロワッサンが格別に美味しい店だって」

「え……えええええええ〜〜〜‼」

――く、クロワッサンが格別に美味しい店〜〜〜‼　なんですかそれは〜〜。

嬉しすぎて言葉にならない。そんな私を横目で見て、クスッと笑ってから、岐部さんが店の中に入っていった。

どうやら岐部さんが待ち合わせ時間を早めに設定したのは、ここに来るためだったらしい。

なぜなら、ここは朝の九時オープン。人気のあるクロワッサンは、週末になると開店一時間で完売してしまうことがほとんどだという。

今ならまだ開店して数分しか経過していないため、大人気のクロワッサンはまだたくさんある。この店にはイートインスペースがないので、それを岐部さんと二つずつ購入して店を出た私達は、通りにあったコーヒーショップでホットコーヒーを購入し、車に戻った。

コーヒーを助手席のホルダーに入れた私はまず、岐部さんに食いついた。

「ちょっと岐部さん……‼　パン屋に行くならそう言ってくれればいいのに‼」

珍しく興奮する私の剣幕《けんまく》が意外だったのか、彼はお腹から声を出して笑いだした。

「あっはは！　いやあ……だって、最初からパン屋に行くって言ったら、こういう萌乃さんを見ることができないでしょ？」

「こういう私を見たって面白くもなんともないです……」

ちょっとだけムッとして、体を正面に戻す。

「まあまあ、いいじゃないですか。それよりもクロワッサン食べましょうよ。焼きたてだし、間違いなく美味しいはずです」

「そ、そうですね、では早速……」

岐部さんに促され、紙袋に入ったクロワッサンを手に取った。彼の言うとおり、ほんのりとまだ温かさを感じるクロワッサンは、顔を近づけただけでバターの香りが漂ってくる。

「うわ……これ、もう香りからして絶対美味しいヤツ……それに、生地の層がすごく綺麗ですね……」

美しい菱形《ひしがた》のクロワッサンを、袋から少し出してかじりついた。表面がパリパリッと音を立てるのに構うことなく、そのまま一気に口へ運ぶ。表面はパリッパリなのに、中はしっとりしていて、噛むとバターの甘みが口の中いっぱいに広がっていく。

美味しい意外の文言《もんごん》が浮かんでこない。そんなクロワッサンだった。

「……やばいですね、これ」

「うん、すごくやばい。俺、こんなに美味しいクロワッサン初めてかも」

岐部さんが言ったあと、マズいという顔をした。このとき彼が何を考えたのか、なんとなくわかってしまった。

「あっ！　いや、もちろん萌乃さんとこのクロワッサンも美味しいですよ!?　でも、ここはまた違った美味しさがあるっていうか……」

慌ててフォローしてくる岐部さんが可笑しかった。そして可愛い。

「大丈夫ですって。私もこのクロワッサンはすごく美味しいと思います。なんていうか、個人経営のお店ってたまにとんでもなく美味しいパンを作ってるので、逆にすごく勉強になるときがあるんです。ここのクロワッサンは、本気で参考にしたいレベルです」

といっても、私は製造を担当しているわけではないのだが。

それにしても美味しい。喋りながらも食べ続けていたら、あっという間に一個食べ終えてしまった。

「美味しかった〜。そしてクロワッサンってコーヒーがよく合いますよね」

コーヒーを一口飲んで、ほっと一息つく。岐部さんももうクロワッサンを食べ終えていて、同じようにコーヒーで一息ついていた。

「よし。じゃあ、次に行きましょうか」

コーヒーを飲み終えた岐部さんが、エンジンをかけてハンドルを握る。

「……次？　次もあるんですか？」

「もちろんです。これだけで終わりじゃないですよ」

「次は一体どこに……」

「それもまたお楽しみってことで！　次の店はまた違う魅力のあるパン屋さんです」

では行きます、と彼がアクセルを踏み込んだ。パーキングから出て、一体どこに行くのかと窓の外を眺めていると、車は繁華街に向かっていく。

「……今度の店は街中にあるんですか？」

「まあ、そうですね」

岐部さんはあまりパン屋に関する情報を教えてくれない。やっぱり到着してからのお楽しみということか。

「今度のパンは、さっきのパンより食事っぽいです」

「食事っぽい……？」

てことはなんだ、サンドイッチとか？　それともバーガー系とか……

ぐるぐる考えていると、今度はビルとビルの間にある立体駐車場にやってきた。

こうやって何度も車を停めるだけでも大変なのにと、少々申し訳なくなる。

「岐部さん、なんだかすみません。こうして何度も場所を変えて……っていうのは、大変でしょう？」

「え。どこがですか？」

ねぎらったのにケロッとしている岐部さんに、肩透かしを食らう。

「い、いやあの……何カ所も回るってなると、その都度車も停めないといけないし、大変だろうなって思って……」

「そうでもないですよ。俺、車の運転好きだし」

実際、こういう話をしている最中でも、彼は車を空いているスペースに少ない切り返しで収めていく。

免許を取ったきり、実家に帰省したときくらいしか運転しないペーパードライバーの私にとって、彼の運転技術はかなり高く見えた。

――うまいなあ……それに、様になってるなあ……

車の運転をしている男性に惚れるというよくある話。あれって本当にそうだと思う。

骨張った手が滑らかにハンドルを操る姿は、不思議とそれだけで男の魅力を感じてしまう。

それは岐部さんにも当てはまる話で、私はさっきから何度も岐部さんの手と横顔に見とれている。

――元々かっこいいのに、運転している姿はさらに二割増しかっこいいんだもの。目のやり場に困るんだけど……

今日一日岐部さんと一緒にいたら、彼に恋しているのかがわかるはず。そう思いながら過ごしているけど、これってもう、この人のこと好きなんじゃないかな……

彼の外見が素敵とか、彼のチョイスしたパンが絶品とかそういうのを差し引いても、この人と一緒にいる今がすごく楽しい。願わくば、この時間がずっと続くといいのにとさえ思ってしまう。こんな気持ちになるのは、恋以外にない。

それに最初は微妙にネックだった年齢のことも、こうしていると驚くほど気にならない。

――そうか……相手のことが本当に好きなら、年齢なんてどうだっていいんだ。

よく芸能人とかで、十歳差、二十歳差やそれ以上の年の差で結婚する人がいると、人は皆年齢差のことを話題にする。でも、当の本人達はそれについて問われても、大抵年齢のことは気にならないと口を揃《そろ》える。その気持ちが今、私にもわかった。

――て、言っても私の場合はたった三歳だし……。それに、どっちかっていうと岐部さんがしっかりしすぎてるから、私のほうが年下っぽいかも……

もっと大人っぽくならないといけないのは私か、とひっそり反省していると、車のエンジンが停止し岐部さんから行こう、と声がかかった。

さて、今度はどんなお店なのかな？

いそいそと車から降り、岐部さんの半歩あとをついていこうとしたら、なぜか彼が立ち止まった。

「なんで後ろにいるの？」

「……え？　特に理由はないけど……なんとなく？」

「後ろだと俺が寂しいんですけど。ほら、横！」

横だとなんだか恥ずかしいから、後ろにいたのにな。

「じゃ、じゃあ……」

おずおずと彼の横に立つ。すると今度は目の前に手を出されて、頭の中にクエスチョンマークが浮かんだ。

「……あの、これは……」

「手。繋《つな》ご？」

「ええッ⁉」

私が驚いている間に、岐部さんが強引に私の手を取り、ぎゅっと握った。

「ぁ……あの……」

恥ずかしさでうまくリアクションできない私を置き去りに、岐部さんが歩き出してしまう。

――やばい……照れる……

強引だけど、繋いだ手は温かい。こんなことされたら、どうしたってこの人のことを意識してしまう。

でもまだパン屋は二軒目。今日という日はまだまだこれからなのに、今からこんな調子でどうするんだ。しっかりしろ。

心の中で自分を叱咤《しった》し、なんとか前を向いた。隣にいる岐部さんは、「ここはたまに来るけど、結構穴場なんだよね～」と周りを見ながら私に話しかけてくれている。

「ど……どういったものを見にくるんですか？」

「俺が好きな服を扱ってるセレクトショップがあったり、個人経営のカフェとか。来るとしてもほぼプライベートなんですけど、いい街だと思ってます」

「へえ……」

確かに彼の言うとおり、センスのいいカフェや、スイーツのショップがちょこちょこある。街自体は昔からあるみたいで、昭和を思わせるような外観の定食屋とか、中華料理店なんかも存在する。

こんな街にあるパン屋さんはどんな店なのだろう？　と疑問に思いながらその店を探していると、岐部さんが「ほら」と私の耳もとに顔を寄せる。

「見えてきた。そこだよ」

「〜〜〜‼」

岐部さんのハンサムボイスが耳を直撃する。くすぐったくて、すぐ耳を手で押さえていたら、また笑われてしまった。

「え、なに。もしかして萌乃さん、耳弱かったりする？」

「そういうわけじゃないんですけどっ……でも、いきなり耳元で話すのは反則ですっ！」

「あはは！　だって身長差あるから。俺が屈《かが》まないと聞こえないかなって」

「……聞こえますよ……」

百六十センチにぎりぎり満たない私と、岐部さんの身長差は多分二十センチ以上ある。かといって彼の声が聞こえないとか、そんなことないのに。

絶対わかっててやってるな、これ。

ドキドキを抑えつつ、彼が教えてくれた店に視線を送る。ここもまたさっきの店のように間口が小さいけれど、店の前にはすでに数人の人がいる。

もしかしてこれって、並んでる⁉

「え、この行列って……このパン屋さんの？」

「そう。ここね、十時半オープンなんだって。んで、皆のお目当てはあれだよ」

岐部さんの綺麗な指が、店の中で現在準備中のあるパンを差した。大きなトレイの上に絶妙に重なり合わないよう置かれているあのパンは……

「カレーパン？」

「そうでーす」

にっこり微笑む岐部さんに、私も釣られて顔が笑う。

「ここのカレーパンも、あっという間に売り切れるくらいの人気商品なんだって。うちのスタッフでこのカレーパン食べた人がいて、めっちゃ美味しいから絶対行くべきだって念押しされてたんです。やっと来ることができましたよ」

「あー、そういえばパン好きな人がいるって仰《おっしゃ》ってましたもんね」

何気なく口にした言葉に、岐部さんが苦笑する。

「おっしゃ……。あの、もう敬語やめません？　俺が使うのは問題ないとしても、萌乃さんが俺に敬語使うのはなんつーか……壁作られているようで、ちょっと寂しいです」

「えっ⁉　か、壁？　そんなつもりは全くなかったんですけど……」

「じゃ、今から敬語禁止ね？」

「なんですその唐突なルールは……」

笑っちゃうけど、岐部さんから冗談です、という文言は一向に出ない。

「俺、本気だけど。で、もし今度俺に敬語使ったらペナルティ課します」

「ええ……なんですか、ペナルティって……」

少し顔をしかめたら、岐部さんが真顔になった。

「俺にキスされます」

今度は私が真顔になった。と、同時に並んでいる他の人達に聞こえたのではないかと、そっちが気になった。

でも、他の人達は皆それぞれ同行者との会話に夢中で、私達のやりとりなど聞こえていなかった。そのことに激しく安堵してから、岐部さんを見上げた。

「なにを言ってるんですか……冗談にも程がありますよ」

「冗談じゃないです。なんなら早速ペナルティ実行しましょうか？　萌乃さん、全然タメ語で喋ってくれないし」

「ええっ！　そんな……もう？」

「はい。もう」

嬉しそうに私のタメ語を待っている岐部さんを前にして、はあ……と大きなため息をついた。

――年下だけど、相手は大きな会社の社長さんだし。私なりに気を遣っての敬語だったんだけど。でも、本人がここまで言ってくるってことは、いやなのね……

「わかった。じゃあ、タメ語で喋る。これでいい？」

すると岐部さんの顔が、ぱーっと花が咲いたような笑顔になる。

「やった」

ずっと握っていた手を、なぜか指を絡めた恋人繋ぎに握り直される。

「なんか、やっと俺に近づいてきてくれたような気がします」

「そんなことないけどね……」

だって、もう岐部さんのこと好きだって自覚してるし。

「そしたら次は名前かなあ。俺はもう萌乃さんって呼んでるんだから、そろそろ名字じゃなくて名前はどうです」

「あー。うーん……それもそうか……」

彼からの指摘を受け、岐部さんを見上げ、目を合わせた。

「凪《なぎ》君？」

「……‼」

なぜか彼が私から目を逸らし、パン屋とは反対側の方へ顔を向けた。

この行動の意味が全くわからない。

「なんでそっち向くの？」

「いや……だって、好きな人から名前で呼ばれるって、威力半端ないなって思って……」

「そんなに？」

「はい。でも、願わくば君もいらない。呼び捨てでいいんだけど」

呼び捨ては私としてもまだちょっとこそばゆいな。

「それは追々で……も、もうちょっと慣れてからね？」

お願いします、と目で訴える。

凪君の顔が一瞬だけ残念そうに歪《ゆが》んだのが見えたけど、すぐに笑顔になった。

「わかった。じゃあ……もうちょっと待ちます」

私としても早く「凪」と呼べるようになりたい。でも、男性を名前で呼ぶなど小学生か中学生以来のことで、やっぱり少し時間が必要だ。

——それに友達を呼ぶのとはわけが違うんだから……

ドキドキを抑えつつ、現実に戻る。

私達が完全に二人だけの世界に浸っている間に、お目当てのパン屋さんのオープン時間が迫った。店の人がドアを開けた瞬間に、並んでいた人達が店の中に吸い込まれていく。どうやらこの店はカレーパンだけを販売していて、先頭にいた人から順調にカレーパンを購入し、あっという間に私達の順番がやってきた。さすがにカレーパンはたくさん買っても食べられないし、時間が経つと美味しさも半減してしまうので、一つずつ購入。

今度は車の中ではなく、近くにあったベンチに座って食べることにした。

さっきのクロワッサンのように、まだ温かいカレーパン。見るからに表面がサクサクしてそうで、食べる前から期待大だ。

「これも絶対美味しいヤツでしょ……もう、匂いだけでわかる」

「らしいよ。では早速」

凪君が先にがぶっとカレーパンにかじりついた。かじった瞬間にサクッという音がして、咀嚼する彼の顔が徐々に緩んでいく。

「うわ、うっま……。まわりサックサクで、パン生地がほんのり甘みがあってフワフワ。それに、中に入ってるカレーがめっちゃ美味い」

「え、え〜そうなんだ……!! じゃあ私もいただきます」

彼の食レポを聞き我慢できなくなった私は、ガブリとカレーパンに食らいつく。凪君が言ったとおり、食べた瞬間に生地の甘さとふわふわの食感と、それに相反する表面のカリカリ具合に感心する。そして中に入っているカレーは、万人受けする美味しさのカレーだ。

――よく大人向けのカレーパンって、スパイスが利いてたり辛味が強かったりするけど、これはお子様でも美味しいって感じるちょうど良い甘辛さだわ。それに、中に入ってるこのお肉はビーフだな。トロトロ……

普通にカレーライスとして食べても美味しいカレーが入っているパン。これは、今まで食べてきたカレーパンの中でもダントツの一位かもしれない。

「萌乃さん？　さっきから無言だけど。どう？」

「めっちゃくちゃ美味しい。美味しすぎて言葉を失ってた。そんで頭の中で食レポしてたわ……」

「頭の中じゃなくて俺に言ってよ、それ」

クスクス笑う凪君に、私も笑ってしまう。

結局二人とも夢中でカレーパンを食べて、あっという間に完食。カレーパンは美味しすぎた。

「うっまかった……並んでまで買いに来る人の気持ちがわかった気がする……」

「だね……私も並んじゃうかも……」

「でも、言っとくけど俺、萌乃さんとこのカレーパンも好きだからね」

ここへきてまたフォローしてくれる凪君に、噴いた。

「いいってフォローしなくても。……でも、ここと うちのカレーパンってちょっと次元が違うよ。値段も違い過ぎるけど、使ってる肉もこっちのはきっと和牛でしょ？　それだけでここのは特別なカレーパンだからなあ。比べるのがもう間違っているというか」

この店の店主はきっとカレーパンに並々ならぬ思いを持って、これを作り上げた。それだけ特別なカレーパンだ。でも、うちの店は様々な種類のパンを作っていて、値段もここよりだいぶ安い。

客層も十代の学生さんから、高齢の人まで様々。それに、うちの店では並ぶ必要なくパンが買える。そういう点で利用してくれるお客さんだっているはずだ。

「ここは特別なカレーパンのお店ってことで。教えてくれてありがとね」

笑顔で彼にお礼を言ったら、凪君の表情が強《こわ》ばった。

「……そんな顔をされたらキスしたくなるんだけど……」

「こらこらこら。じゃ、そろそろ移動しようか？」

さらっとかわしたけれど、内心では心臓がバックバクだった。

——冗談なのか本気なのかわかんないけど、びっくりした……！

動揺しているのを悟られないように、凪君の車が停めてある駐車場に向かう。

「ここまで二軒パン屋さんを巡ったわけだけど、このあとはなにをする予定なの？」

何気なく凪君に訊ねたら、にやりとされる。

「えー。これで終わりだと思ってる？　まだまだですよ」

「もしかしてまだパン屋巡りは続くとか？」

「うーん、パンもあるんですけど。そこはメインがコーヒーなんです。ロースタリーで、系列店にベーカリーがあるんで、コーヒーに合うパンとかデザートも置いてあるっていう」

なにそれめっちゃ美味しそう。

「凪君は……私の好みをよくわかってるね……」

私はパンも好きだけどコーヒーも好きだ。どっちもあるなんて言われたら、期待しかないではないか。

「そうですか？　やった。一生懸命考えた甲斐《かい》があったな」

「お店探すの大変だったでしょう？　忙しいのにごめんね」

「好きな人の為にすることは全く苦になりませんよ」

凪君はこう言って笑うけど、絶対そんなことないと思う。私に余計な心配をかけないよう、こうやって笑ってくれるのだろうか。

——ほんと、いい人だな……

そんな彼の優しさに胸がキュンとときめく。改めて、この人のことが好きだと実感する。

車に戻ってから残っていたコーヒーを飲み、次の目的地に向かって車は走り出す。件《くだん》のロースタリーはちょっと離れた郊外にあり、車は最寄り駅の近くにあったコインパーキングに入れた。

「そこは一階で注文して、二階に席があるんだ」

凪君の説明を聞きながら歩いていると、見るからに新しいスタイリッシュな外観の建物が視界に入ってきた。二階にカフェらしきものがあるのが、通りに面した窓からよくわかる。

ドアを開けると、ショーケースの中にデニッシュやカヌレ、コーヒーに合いそうなチョコレートを使用したパンが並んでいる。それを見ただけで気分が高揚するが、まずはコーヒーを注文してからだ。

彼はブレンド、私はカフェラテを注文し、パンを選ぶ。オレンジを使ったデニッシュと、どうしても味が気になったコーヒーのカヌレを注文して、それらをトレーに乗せて二階のカフェスペースに上がった。

二階は、ゆったり寛《くつろ》げるような造りになっていた。ローソファーとローテーブルに、数組いる先客達がソファーの背に凭《もた》れ、のんびりとコーヒーを楽しんでいる。

「いいね、寛げそう」

凪君がフロアを見回し、頬《ほお》を緩める。電球色のライトが照らす店内はジャズが流れ、大人にはたまらない憩いの空間だった。

「ここ、デートスポットにはもってこいだね」

見て素直に思ったことを口にしながら、先客達がいない端っこのソファーに座る。凪君はブレンドの他にパンオショコラを購入していた。

「だから俺たちもデートで来たでしょ？」

私の呟きに、笑顔で凪君がコメントをくれた。

そうだけど。と、苦笑するしかできない。

「それにしてもまだまだ私の知らない店ってたくさんあるんだなあ……こりゃ、もっと勉強しなきゃいけないいね」

「パンを食べる勉強なら俺も手伝うけど」

何気ない返しに、クスッとする。

「凪君は自分のお仕事があるでしょう。そっちに集中してください」

「……あ」

凪君が、なにかを思い出したように顔を上げた。

「なに？」

「萌乃さん、今敬語使ったでしょ。……あとでペナルティね」

「ええ？　あんなの敬語のうちに入らないでしょ」

「いやいや、約束だから」

引かない凪君に苦笑する。でも、ペナルティがなんなのかを思い出し、笑っていられなくなった。

――そういえばペナルティって……キ……キス……⁉

「いやあの、凪君？」

「萌乃さん、俺のこと意識してくれるようになった？」

「え？」

私を見る凪君の目が、明らかにさっきまでと違う。熱を帯びたその目には、彼の本気が見て取れる。

「俺、萌乃さんのことが本気で好きです」

「な……」

「あなたに会うためならいくらでも店に通える。三食パンだっていい。どんなに仕事で寝るのが遅くなっても、あなたに会うために早起きして、あの時間にランニングしてたんです。もう、会いたくて必死です。……ね、笑っちゃうでしょ？」

――全然笑えないです。

真顔で彼を見つめたまま、言葉を失ってしまった。

「……萌乃さんは、可愛い」

「へっ」

「可愛い」

「……や、あの……ちょっと……カフェオレ、冷める……」

いまだにお互い手をつけていない飲み物のことに言及すると、凪君が「あ」と声を漏らす。

「そういやそうだった。萌乃さんのことで頭がいっぱいになってたから」

いただきます。とようやくコーヒーを飲み始めた凪君を眺めながら、私もカフェオレのカップを手に取った。

その手が若干震えているのを、彼に悟られないようにしなければ。

──も……もう……!!　あんなこと言われて平常心を保てるわけないじゃない……!!

心臓はバクバクいってるし、手の震えはまだ治まらない。カフェオレは美味しいけれど、しっかり味わえるだけの心の余裕がない。

「……カヌレ、凪君も食べる……?」

フォークで切ろうとするとカヌレが遠くに飛んでいきそうな気がして、手で半分に割った。

「あ、いいの？　じゃあいただきます」

半分こしたカヌレを彼に手渡してから、自分の分を口に運ぶ。外はカリカリ、中はしっとりのカヌレは、中がもちもちのコーヒー味。

「美味しい。俺、コーヒー味のカヌレって初めて食べた」

「私も。美味しいね、これ」

ドキドキしてたけれど、美味しいものを食べたら少しだけ気持ちが落ち着いた。

カヌレありがとう……と心の中でお礼を言って、今度はデニッシュ。オレンジの酸味と甘みと、何層にもなるデニッシュ生地との相性は抜群で、中に入ってるカスタードクリームも甘さ控えめで美味だった。

なんかもう、今日はいろいろお腹いっぱいだ。

「ところで凪君、今日はこのあとって……」

「それなんですけどね。食べてばかりいるからどうしようかなって思ってたんです」

「だよね。私、正直もうお腹いっぱいで食べられない……」

本当は無理すればまだ食べられる。でも、凪君と一緒という本日限定スパイスのせいでいつもより食欲が落ちているのだ。ついに限界が来た。

「そっか。じゃあ、残念ですけどパン屋巡りは終了にしましょうか」

「ちなみに私がまだ食べられるって言ったらどうする予定だったの？」

これに凪君が空を見つめる。

「んー、あと二軒くらい？　チェックしておいた店があったからそこに向かったかな……」

いや、絶対無理だわ。お腹が苦しくてデートどころじゃない。

「もう大丈夫です。残りはまた今度、ということでお願いします」

「あ、また敬語使った」

「え。これもカウントされるの……？」

これに対しての明確な答えは返ってこなかった。でも、凪君が笑っていたので、まあいいかという心境で引き続き優雅なコーヒータイムを楽しんだのだった。

午後二時過ぎになると店内が混み合ってきたので、店を出ることにした。

通常のデートだとこれで終わりにするには少々早い時間ではある。でも、もうお茶も食べ物も入らない。

　でもまあ、朝早かったし。これはこれでいいか。

　私なりに納得していたのだが、凪君も同じことを考えていたようだった。

「萌乃さん、今日はまだ時間いいですか？」

「あ、うん、私は大丈夫だけど」

　歩きながら訊ねられ、咄嗟に返事をした。

「ちょっと考えてたんですけど、よかったら萌乃さんにうちの会社を紹介しようかなって」

「……会社⁉」

　全く想定していなかった申し出だった。

「萌乃さんには俺のこと全部知ってもらいたくて。仕事も、どういう場所でどんな感じで仕事をしてるのかというのを見てもらいたいなって……ダメかな」

「だめじゃないよ。でも、私が行ってても大丈夫なのかな」

「全く問題ないです。それに、今日は休みだから誰もいないし」

「あ、そっか……」

　そうだった。今日はお休みだった。

　もし他に人がいるんだったら、丁重にお断りしようかと思っていた。

──だったらいいかな。私も彼が普段どんなところで仕事をしてるのか、見てみたいし。

「じゃ、行きます。私も凪君の職場がどんなところか知りたいし」

ということで、私達は彼の職場兼自宅に向かうことになった。


時間は午後の三時過ぎ。まだまだ明るい時間に到着し、彼が手際よく自宅のガレージに車を停めてから、車を降りた。

「先に家に寄って荷物を置いてくるよ。萌乃さんのも」

「あ、うん。ありがとう」

あのあと最後に寄ったロースタリーで帰り際、キッシュやピザを追加購入したのだ。

──だって、夕飯にちょうどよかったから。

それらと最初に購入したクロワッサンなどを彼の家に置かせてもらい、私達は彼の職場でもある隣の建物に移動した。外観から判断できる大きさは彼の家とほぼ同じくらい。それをどんな感じに職場として使っているのかが気になる。

「外観は家と似てるけど、中は全然違うんだよ」

凪君がこう言いながら、事務所があるフロアへの階段を降りていく。すると、かなり広さのあるフロアに到着した。いくつものデスクが置かれ、家だと二階部分にあたる場所は吹き抜けになっていて、開放感がすごい。

「うわ……なんか、お洒落な空間だね」

「そう？　ありがとう。狭い空間に何人もの人が押し込められて仕事してたら、数時間で息が詰まるかなと思って。そこはかなり気をつけたつもりなんだ」

広いフロアの隣には低い階段があり、それを上がると別のフロアになる。

――これはもしかして、部署ごとに部屋を分けてるのかな……？

「ねえ、凪君。凪君の会社って社員は何人くらいいるの？」

椅子の背もたれを掴んでいる状態で、凪君が斜め上に視線を送る。

「全部合わせると結構いる。実は、ここで働いてるのはほんの一部なんだ。俺と、俺に近い経営本部の社員や取締役とか。あと、秘書もいるか」

「……そんなにたくさんいるなら、そのうちここじゃ手狭になっちゃうんじゃない？」

何気なく浮かんだ疑問を口にしたら、凪君が「そうなんだ」とあっさり肯定した。

「実際もう狭さを感じてて。いっそのことオフィスビルのフロアを借りて、そこに移転しようかと考えてるところだったりする」

「そっか。でも、そしたらここはどうするの？　凪君の持ち物なんだよね？」

「そこら辺に関しては、活用方法がいろいろあるんで心配してないよ。賃貸にして天井が高いからカフェとか、レストランにするのもよし、ヘアサロンや雑貨店なんかもいいね」

――確かに。彼の言うとおり、どう活用してもしっくりくるわ……

「俺の部屋はこっちね」

凪君が広いフロアの壁側にあったドアを開けた。そこに、黒い大きなデスクと、その上にモニターとキーボードが置かれている。壁には本棚があり、みっちり本が詰まっている。

「なんか、狭いけど手の届くところに必要なものが全部あるイメージ」

「いや、その通りなんだけどね。デスクだけ置けりゃいいから、広さは求めなかった。でも、それが逆に居心地良いっていうね」

「そっか、なるほど」

いかにも社長室みたいな立派な部屋じゃないところが、凪君の人間性を現している気がした。偉ぶらない社長って、かっこいいな。

「凪君の下で働ける社員さんは、幸せ者だね」

しみじみ思ったことを呟いただけだった。なのに、社長室のドアの辺りにいる凪君が、私から目を逸らし、黙る。

「あれ。私、なんか変なこと言ったかな？」

「や、変なことは言ってない。けど、それってどういう意味なのかなって。言葉の裏を探ろうとしてた」

「裏なんかないって。普通にいい社長さんだなって思っただけだよ。こんな社長さんの下なら、社員も頑張って働こうって気になるだろうし……」

でもやっぱり凪君の表情は訝《いぶか》しげだ。

「……萌乃さんさ」

凪君が私に一歩近づく。

「好きな人に今みたいなこと言われて、俺が喜ばないと思う？」

「よ、喜んでるの？」

「うん」

なんだ。困ったような顔をしてるから、なにか気に障ることを言っちゃったのかと思った。

「そうなんだ、よかった。変なこと言っちゃったのかと……」

「それだけじゃないよ」

凪君がまた一歩私に近づいた。

「嬉しいのもそうだけど、俺、やっぱり萌乃さんが好きだって今改めて実感してた」

「え……」

凪君の手が私の腰に触れる。それに小さく身じろぎしたら、彼の口元が一瞬緩んだ。

「萌乃さんの笑顔が好きだ」

「え、ちょ、ちょっと。凪君？」

私を見つめる凪君の視線に心臓が跳ねる。

「萌乃さん、俺、いつまで待てばいい？」

「あ、あの、そのことなんだけど……凪君？　ちょっと落ち着こうか」

今にも私に覆《おお》い被《かぶ》さってきそうな、凪君の胸の辺りを手で押さえる。そのとき、手から伝わる凪君の心音がやけに大きいことに気付く。

――め……めっちゃドキドキしてる……。

反射的に彼を見上げると、バチッと視線がぶつかった。

「萌乃さん、俺……」

思い詰めたような彼の眼差しと言葉に、ただならぬものを察知した。

「ちょ……ちょっと待って。あの……ここ会社だし……」

自分が勤務している会社ではないのだが、なんだかいけないことをしている気がしてならない。

凪君もそのことに気がついたのか、ハッとして気まずそうに視線を逸らした。

「それもそうか。……じゃ、うちに行こう」

咄嗟に手首を摑まれた。「え？」と困惑する私に構わず、凪君は脇目も振らず玄関に向かって早足で歩く。そのままの勢いで玄関を出ると、自宅のドアを開け、中に入ってすぐドアを閉めた。

そして気がつくと、私は玄関を入ってすぐのところで彼に壁ドンをされていた。

――リ……リアル壁ドン……

無意識のうちにゴクンと喉が鳴った。

「萌乃さん。また同じことを言います。俺、いつまで待てばいいですか」

真剣な表情の凪君に息を呑む。

さっきから喉がカラカラで、声が出しにくい。

「ま……待たなくても大丈夫っぽい……です……」

「え」

凪君から気の抜けた声が出た。

「……わ、私も凪君のことが好きだから。待つ必要はないって言ったの……」

言い終えてから彼を見上げる。すると、勢いよくガシッと肩を掴まれた。

「萌乃さん、本当に？」

「本当です。……今日一日凪君と一緒にいて、好きだってことをはっきり自覚したんで……」

「じゃあ俺、もう待たなくていいの？」

「うん。……いいよ」

しばし無言で見つめ合う。……が、いきなり凪君が両手で顔を覆いしゃがみ込んだ。

いきなり視界から消えたので、何事かとびっくりした。

「なっ……凪君？　どう……」

「いやあの……嬉しくて力が抜けて……」

私が好きだと言った途端にこんなリアクションをする彼が、可愛くて愛《いと》おしい。

さっきは彼が私のことを可愛いと言ってくれたけど、こんなリアクションをする彼の方が格段に可愛いのだが。

——ふふ。可愛……

い……と彼の頭を撫でようとしたとき、いきなりその手を摑まれた。

「えっ‼　な……」

「そうだ思い出した。ペナルティ」

「え。今、この状況でそれを言う⁉」

「途中まで数えてたから、俺」

スッと立ち上がった凪君が、片方の手は私の手首を摑んだまま、もう片方の手は私の腰に添えた。

「俺が数えてただけでも四回くらいあったんだけど。萌乃さん、気付いてた？」

「や、全然……む、無意識だったから……」

「萌乃さん、俺のこと好き？」

面と向かってはっきり言われると、やっぱりまだ照れる。でも、好きだから嘘はつけない。

うん、と頷くと、凪君の綺麗な顔が近づいてくる。

——うっわ、本当に顔が綺麗……睫《まつげ》、長っ……

顔の造形の美しさに改めて目を奪われていると、こつんと額同士が軽くぶつかった。

「じゃあ、キスしても問題ないよね」

「えっ……」

「まず一回目」

綺麗な顔が眼前に迫ってきて、咄嗟に目を瞑《つぶ》った。それと同時に唇に柔らかいものが触れ、すぐに離れた。

キスされたと頭が理解した途端、体中がカーッと熱くなって、胸がドキドキし始めた。

「あ、あの……」

「二回目」

喋る間を与えられないまま、また唇を塞がれた。今度のキスはすぐに終わらず、強めに押しつけられた唇から舌が差し込まれた。

——……‼

何年かぶりのディープキスに、体が強ばる。そんな私に大丈夫といわんばかりに、腰に触れている彼の手にグッと力が籠もった。

彼の舌の動きに合わせて、自分の舌を軽く動かす。自分の拙《つたな》さに恥ずかしさが湧き上がってくるけれど、きっと彼はそんなの気にしていない。

ややあってから唇が離れ、やっと大きく呼吸することができた。でも、恥ずかしくて凪君を直視できない。

「萌乃さん？」

「や、あの……み、見ないで。恥ずかしいから……」

「なんで。まだあと三回目と四回目のペナルティが残ってるのに」

凪君の顔がまた近づいてきたので、咄嗟に顔を手で覆った。

「きょ、今日は無理……！　残りは次回に持ち越しでお願いします……」

恥ずかしさの極みで顔から火が出そうなのに。これ以上のキスとか、もう体がもたない。

次回に持ち越し、と聞いた凪君が、ふはっ！　と堪えきれない様子で噴き出した。

「持ち越しなの？　ていうか持ち越していいんだ？」

しまった。持ち越ししなくてもよかったのかも。

「な、凪君、意地悪……」

「俺が意地悪なんじゃないよ。萌乃さんが可愛いすぎるんだよ」

殺し文句に腰が抜けそうになる。

この人……こういうことを無意識でやっているのだとしたら、すごい才能だと思う。

——相手は年下なのに、まるで私の方が年下みたい。

こんなことになるのなら、相手が年下だからなんて悩む必要、全くなかったかも。だって、凪君ってしっかり男だから。

「さて……俺としては萌乃さんを帰したくないところなんだけど。萌乃さん、どうする?」

「えっ……どうするって言われても……」

「このままここにいると、多分俺、萌乃さんを抱くよ。それでもよければ」

抱く。

こんなにはっきり言われたのは人生で初めてで、心臓の跳ねっぷりがやばい。

——ど……どうしよう。心の準備が……

いい年こいて処女でもなんでもないくせに心の準備とか、なにを言っているんだと自分でツッコミを入れた。

それもそうか。

「……い、いいよ」

だって私も凪君が好きで、少なからず彼に抱かれたいと思っているから。

まさか私からこんな返事が返ってくるとは思わなかったのだろう。凪君の目がぱっちりと見開いている。

「いいの？　俺、てっきり今夜はダメだとばっかり」

「……じゃあ次回にする？　それならそれで……」

冗談めかして玄関に体を向けると、背後から腕を掴まれた。

「次回になんかするわけないでしょ」

「凪く……」

強く腕を引かれたまま家の中に上がり込んだ。この前入ったリビングではなく、緩やかな階段を上り辿《たど》り着《つ》いたのは二階にある寝室だった。

部屋の広さはおそらく八畳くらい。部屋の端っこにダブルとおぼしきベッドが置かれているだけの、シンプルな寝室。

「萌乃さん」

部屋をじっくり見る隙は与えられず、いきなり名前を呼ばれ、キスをされた。さっきよりも性急なキスにドキドキしていた私だが、あることに気付いて少々の焦りが生まれた。

「な、凪……君、待って」

「……なに？」

「シャワー、浴びてない……」

「それがどうしたの」

思わぬ返答に、えっ？　と彼の顔を見返した。

「どうって、その……」

「浴びなくても全く問題ないです」

言いながら、凪君の体が私に覆い被さってきた。その反動でベッドに倒れ込むと、私のトップスの裾から彼の手が入ってきて、下着ごと私の胸を包み込んだ。

「問題ないって……あの……」

「どうしてもと言うなら、一緒に浴びる。それでもよければ」

「え、そ、んなっ……あっ」

下着の上から胸の尖《とが》りを摘まれて、少女のような声を上げてしまった。

——は……はずかし……

顔に熱が集まってくるのを感じながら、凪君と視線を合わせる。さっきまでと違う彼の目は、多分スイッチが入っちゃってる。

「な、凪……」

「萌乃さんの声、可愛い。もっと聞きたい」

凪君がスカートからキャミソールを引き抜き、胸の上まで一気にたくし上げた。ブラジャーに包まれた乳房が露出すると、彼はそれを至近距離で見つめ、はあ……とため息をつく。

「ブラジャー外していい？」

「ん……」

私の承諾を得た途端、背中のホックがパチンと手際よく外された。胸の締め付けがなくなり、乳房を覆っているだけの布に成り下がったブラジャーを、彼が手でどけた。

眼前にまろび出た乳房を数秒見つめてから、彼がそっと乳房に手を沿わせる。

「うわ……綺麗……」

穴が空くんじゃないかってくらいにガン見される。さすがにこれは恥ずかしい。

「や、やだ。そんなにじっくり見ないで……」

「なんで。こんなに綺麗なもの、見るでしょ」

まるで壊れ物でも扱うかのような優しいタッチで、彼が乳房をそっと撫でる。

「柔らかい……すごい……」

乳首には触れず、乳房を何度も撫でられる。それがこそばゆいというか、なんとも言えない不思議な感覚だった。

「く……くすぐったい……」

「そっか。じゃあ、こっちは？」

これまで乳房を弄んでいた彼の手が、いきなり乳首の先端に触れた。急に敏感な箇所に触れられ、わかりやすく腰が跳ねてしまった。

「あっ……‼」

私の反応に気をよくしたのか、凪君の手の動きが激しくなる。先端をくりくりと指の腹で弄《いじ》ると、今度はその乳首を潰すくらいの力を入れて撫でてきた。

「ん……や、あ……」

胸先から全身に快感が走る。加えて凪君に愛撫《あいぶ》されているという事実が、私をよりいっそう感じさせる。触れられるたびにじわじわと幸福感が湧いてきた。

――この人とこんなことしてるなんて。まだ、信じられない……

天井を見つめながら、彼からの愛撫を全身で感じていると、凪君が体を屈め乳首を直接舌で舐《な》め上げた。

「はっ……あ！」

ざらっとした舌から生み出される甘い痺《しび》れが、胸先から全身に広がっていく。ただ舐められただけなのに、腰や下腹部が疼《うず》いてじっとしていられない。

「あ……はあっ……」

太股《ふともも》を擦り合わせ、このむずむずとした感覚を逃がしたい。でも、凪君がそれを阻止するかのように私の脚の間に体を割り込ませた。

「萌乃さん、気持ちい？」

乳首を舐めながら、彼が私を窺ってくる。胸元からこちらを見ている凪君をチラ見したが、あまりにも扇情的で直視できない。

——凪君が……私の体を……

この現状にかーっと顔が熱くなる。緊張しすぎて口の中がカラカラだ。

「な……凪君……」

「はい」

「……っ、く、口の中がカラカラで……お水をもらいに行ってもいい……？」

凪君が上体を起こす。

「いいですよ。俺、取りに行ってきます」

「……あ。ありがとう……」

束《つか》の間《ま》でも少し休める。それに安堵した私だった。

しかし、立ち上がった凪君が勢いよく上半身の服を全部脱ぎ捨て半裸になったのを目の当たりにして、その肉体美に言葉を失う羽目になってしまった。

——う……か、かっこいい……

シャツをベッドの端っこにおいて部屋を出て行く凪君の上半身は、無駄な肉が一切ない綺麗な逆三角形。

ランニングウェアを着ている姿からも、体が引き締まっているのはわかっていた。でも、はっきり言って想像以上だった。

今からあの人に抱かれる。この現実に、心臓のバクバクが止まらなくなる。

──やば……き……緊張する……

胸の上の辺りに溜まっていた服を自ら脱ぎ、ブラジャーも腕から外した。冴から借りたスカートも脱いで、全てを畳んでまとめて床に置いた。

おそらく一分かそこらで凪君が戻ってきた。水の入ったペットボトルを持った彼は、私がもう服を脱いでいることに気がついて、あれっ、と笑った。

「自分で脱いだの？」

「うん……」

「なんだ、俺が全部脱がそうと思ってたのに」

言い終え、持っていたペットボトルから直接水を喉に流し込む。そういえば、私の分は……と言おうとして顔を上げると、なぜか凪君の指が私の顎に添えられた。

「え……んっ⁉」

すぐに凪君に口を塞がれ、その塞いだ唇の隙間から水が流し込まれる。

「〜〜〜っ‼」

こんな経験が初めてで、口に入らなかった水が私の顎から首、胸元へと流れていく。ひんやりとした感触を感じながらも、唇を離すことなく最後まで受け取った。

「はい、お水」

「普通にくれればいいのに……こ、零れちゃってるよ？」

水に濡《ぬ》れた胸元を手で拭っていると、その手を摑まれてしまう。

「大丈夫。俺が拭いてあげる」

「え?」

戸惑っている私に構わず、凪君が私の顎から首までに舌を這《は》わせる。

「え、ちょっと、凪君……」

「いいから」

私をベッドに寝かせ、彼が再び首から胸元の水を舐めとりはじめた。丁寧に水を舐めとる彼の姿を目の当たりにすると、ゾクゾクと興奮して自然と呼吸が荒くなる。

――これ、やば……

結局彼は胸元の水も綺麗に舐めとり、今度は胸からへそ、そして下腹部まで舌を這わせる。

「あ、ま……待って」

彼がショーツに手をかけたとき、反射的に声が出てしまった。

「なんで?」

ショーツに手をかけたまま問われる。

「なんでって……その……は、恥ずかしいから……」

「はは。でも、脱いでくれないとできないしなあ……それとも、着たままがいいの?」

「そっ！　そういうわけじゃ……」

「じゃ、脱ごう」

そう言って、彼があっさり私のショーツを脱がせてしまった。

全裸になって急に羞恥が押し寄せてくる私に、彼は笑顔でこう言った。

「……ここ、丁寧に舐めてあげるね」

繁《しげ》みの辺りを指で撫でながら何気なく発したその言葉に、我に返る。

「え？　ちょ、ちょっと待っ……」

慌てて上半身を起こそうとする私の言葉など聞いていないのか。凪君が股間に顔を埋め、舌での愛撫を始めてしまった。

「……っ、あ……！」

指で触れられるのとはまた違う快感が、再び私の体を駆け回った。でも、それよりも今はそんなことをしないでという感情の方が大きい。

「だめっ……！　やめて、凪君っ」

「どうして？　ここ、こんなに蜜が溢れてくるよ。……どこが気持ちいいかな、ここ？」

「あっ‼」

彼の舌がピンポイントに敏感な蕾《つぼみ》を捉えた。私が大きく震えたことで、彼は執拗《しつよう》にそこばかりを攻めてくる。止めどない快感の波に呑まれそうになって、どうしていいかわからなくなる。

「は……あ、あ……ン、やだ、やだやだやだ……！」

「……なにがいやなの？」

特に意味のない喘《あえ》ぎに対して、彼が意味を尋ねてくる。

「いやって……あ、……ぅ……んっ、そうじゃ、なくて……」

「いやじゃないんだね？　じゃあ、やめてあげない」

いつになく意地悪な凪君に、そんな、と喉まで出かかった。でも言えない。

意地悪でキスがうまくて、セクシーな凪君。

私は自分でも気がつかないうちに、この男の人の虜《とりこ》になっていたようだ。

「なぎ、くんっ……や、もう……」

「まって、もう少し。萌乃さん苦しそうだから、一度イッとこ？」

え。と声を出す前に、凪君が私の敏感な蕾に集中してそこを嬲《なぶ》り始めた。巧みな舌使いで、蕾を吸い上げたり、直接口に含んで舌で弄ばれているうちに、少しずつ高まり始めていた快感が、一気に頂点へ達しそうになる。

「あ、ああ、やめて、や……い、いっちゃう……いく……っ‼」

多分私がいっちゃう、と口にした時点で彼が反応し、舌の動きが激しくなった。それによって易々《やすやす》と絶頂に達してしまった私は、全身から力が抜けて抜け殻のようになる。

「はあ……は……っ……」

彼の枕に顔を埋めると、思いっきり彼の香りがしてそれだけで下腹部がキュンとする。

――今達したばかりなのに、私はなにを……

凪君の香りだけで興奮する自分やばい。少し落ち着こう、と呼吸を整え上体を起こす。

ちょうど目の前で履いていたパンツのウエストのボタンを外している凪君がいて、ドキッと心臓が跳ねた。

「もう我慢できない。……挿《い》れていい？」

苦しそうに訴える彼の股間は、大きく膨らみ、今にもショーツを破って飛び出してきそうだった。

「あ……う、うん……」

あそこまで大きくなったものを実際に見てしまったら、頷くしかない。

それに私も、彼が欲しくてたまらない。欲しくて、さっきから股間が疼きっぱなしだ。

クローゼットから避妊具の箱を取り出し、そこから一枚抜いてパッケージを破った。その後の行動は見ないようにしていたら、装着を終えた凪君が私に近づく。

「萌乃さん、挿れるよ？」

「ん……」

ぴたりと屹立《きつりつ》を宛《あて》がい、そこからゆっくりと私の中へ沈めていく。

「あ……」

自分の中に入ってくる彼を全身で感じつつ、その様を目視で確認する。私と彼が隙間なくぴったりと繋がったのを確認した途端、安堵で力が抜けた。

──私、ついに凪君と……

好きな人と繋がる喜びって、こんなにすごかったっけ。

「萌乃さん」

「ん……？」

凪君が私を抱きしめる。

「好きだ」

耳元ではっきり言われたあと、彼の唇が私のそれに重なった。すぐに舌が入ってきて、私の舌を誘い出し、絡め取られる。私も負けじと自分から絡めにいき、しばらくの間キスだけを何度も繰り返す。

銀糸を引きながらキスを終えると、今度は凪君が激しく腰を動かし始めた。

「あっ、あ、ん……っ、は……」

何度か腰を打ち付けると、一旦抽送をやめ、ぐりぐりと奥の方を探るように動かされる。むずむずとした快感が奥の方に広がっていき、また私を快楽の海に沈めようとする。

「萌乃さん……気持ちいい？」

「うん……いい。すごく……」

「俺も」

すごくいい笑顔の凪君に、私まで笑顔になる。そのまま彼の首に腕を巻き付け自分に引き寄せ、強く抱きしめた。

「凪君、好き」

思いが溢れて止まらなかった。すると、私の中にいた彼の質量が増した。

「嬉しい。でも、俺の方がもっと萌乃さんのこと好きだ」

まるでお返しとばかりに、さらにきつく抱きしめ返される。

「凪君……くるし……」

「ごめん。でも俺、本当に萌乃さんのことすげえ好きなんで。そこだけはわかっていてほしくて」

顔を見たら、子犬のような顔で訴えてくるので、なんだか温かい気持ちになった。

「わかったけど。でも、私もかなり凪君のこと好きだよ？」

「そうなの？　だとしたらそれはそれで嬉しいです」

へへ、と笑うその顔にキュンとする。

――もう。これ以上私を虜《とりこ》にさせてどうしたいの？

「……ああ、もうダメかも。ごめん、一度イかせて」

凪君が私をしっかり抱きしめたまま、腰の抽送を再開した。奥を突かれるたびに声が出てしまうくらいの激しい突き上げに、思考が白けだす。

「あ……あン、あ……ンっ、や、あ……っ！」

顔のすぐ横にある凪君からは、熱い吐息が漏れ出ている。きっと彼の絶頂も近い。だけど、一向に止まない抽送に、先に私の意識が飛びそうになった。

このままだとまたイッちゃう……と考え始めたとき、彼が一際激しい動きで奥を突き上げた。

「う……くっ……‼」

声を上げて果てた凪君が、私の上にバタリと倒れ込んだ。

そのまま顔を上げない凪君の背中を撫でていると、顔を上げた凪君が髪を掻《か》き上げてから、私に顔を近づけてくる。

「萌乃さん」

「はい……」

「……可愛い……大好き」

そのままチュッと音を立てて頬にキスされる。頬だけに止まらず、目の横、口の横、そして唇にキスをしてから彼が起き上がった。

避妊具の処理を済ませると、凪君が戻ってきて私にピタリとくっついた。

「……萌乃さん、結婚してください」

いきなりの求婚は、さすがに驚いた。

「え？　でも、付き合い始めたばっかり……」

なにげない疑問を口にすると、凪君がガバッと体を起こした。

「そんなの関係ない。俺、萌乃さんのことしか欲しくない。だから……」

真剣な眼差しにおののく。

「いやいや待って。私も凪君のことが好きだし、ずっと一緒にいたいと思う。でも、凪君はまだ二十五でしょ？　まだ結婚するには年齢的に早いんじゃ……」

これを即、否定される。

「年齢のことは関係ない。俺は萌乃さんがいい。だから萌乃さんも、俺との未来のこと真剣に考えてくれないかな」

「……わかった、考えるね」

彼が真剣に言ってくれるなら、私も真剣に考えなければ。

プロポーズにほわほわした気持ちになりながらも、このあとまた抱かれた。

結局私が彼の家を出たのは、出社間近の早朝だった。

第四章　年下の恋人

——人生初の朝帰りをしました。で、ほぼほぼ寝ていないので、今猛烈に眠いです……

職場でできあがったばかりのパンを並べているとき。出勤してから何度目かのあくびをかみ殺していたら、それをばっちり見られていたらしい。

「……あれ。武林さん、今日はなんだか眠そうですね？」

珍しく早番でシフトに入っていた河津さんに声をかけられ、あ。と現実に戻る。

「や、あの……ちょっと寝不足でね？」

「そうなんですか。武林さんが眠そうにしてるのって初めて見たから、なんだか新鮮です」

——そうよね……私、いつも夜早く寝るし。寝不足とは無縁だと思ってたわ……

自分でも思いのほか眠くて、はっきり言って今日はもう上がりたい。

それもすべては凪君のせいだ。

——だって……あんなに何度も何度も何度も、何度も愛されるなんて思わなかったんだもの……

正直言って、私も昨晩彼と何回愛し合ったのかはわからない。それくらい、彼は何度も私を求めてきた。

何度目かのセックスのあと、気を失うように眠り、目が覚めたら周囲が明るくなってきていて、慌てて飛び起きた。凪君も日課のランニングがあるからと一緒に起きて、前日買ったクロワッサンを食べてから自分のマンションに帰宅した。

でもそれはほぼ着替えのために立ち寄ったようなもので、着替えを終えて軽く身支度を調えたら、もう出勤時間になっていた。

――こんなことになるなら夜中にでも帰宅して、ちゃんと睡眠とればよかったかな。

両思いになって、初めて凪君と結ばれたことで冷静さを失い、少々浮かれていたのかもしれない。

私の方が年上なんだから、これからはもっと冷静になろう……

きっちり自分を戒め、並べ終わって空になったトレーを戻しにカウンターの奥へ戻る。そのついでに午前と午後で一度ずつ取ることができる十分間の休憩に入った。

眠気を覚ますために濃いめのコーヒーを飲みながら、何気なくスマホをチェックする。すると、朝別れたばかりの凪君からメッセージが入っていて、ばっちり目が覚めた。

【体大丈夫？　無理させちゃってごめん】

朝も何度かこう謝ってくれたけど、メッセージでも私を気遣ってくれる凪君にほっこりする。

――気にしてくれてるのかな。優しい……

大丈夫だよ、眠いけど。と返事を送ったら、ごめんねという可愛い犬のスタンプが送られてきて、ほっこり度が増す。

――なんだかこの犬が凪君に見えてくるから不思議だわ……

コーヒーを飲みながら文面を眺めていると、すぐ次のメッセージが送られてきた。

【唐突で申し訳ないんだけど、パンを取り置きしてもらえないだろうか。できれば女子が好きそうな菓子パン系で。数は十五ほど。萌乃セレクトでOKです】

「おっ……毎度ありがとうございます」

了解ですというメッセージを送ったら、また返信が。

【ありがとう。午後には取りに行けると思うので、よろしくお願いします】

「はいはい、了解っと……」

メッセージのやりとりを終え、コーヒーを飲み終わると休憩は終了。店に戻った。

今日は朝から雨で、晴れの日よりも客足が鈍い。そのせいもあって、凪君ご所望の菓子パンの在庫はまだまだ豊富だった。

――十五個も買ってくれるなんて、助かるわ～～

彼の指定どおり、私セレクトで十五個のパンをトレイに載せていく。オレンジやバナナ、あんこを使ったデニッシュや、期間限定の国産和栗《わぐり》を使用したモンブランデニッシュ。自家製のカスタードクリームをふんだんに使用したコロネとカスタードクリームパン。

デニッシュにも使用しているあんこは北海道産の小豆を使用した自家製。私は粒あん派なので、あんパンは粒あんをセレクトした。

二つのトレイに載ったパンを袋やプラケースに入れ、準備は万端。いつでもどうぞ、という気持ちで彼を待つ。

私が帰る前までに来てくれたらいいな、と淡い期待を抱きながら混み合うお昼時間を終え昼休憩に入り、午後の勤務に突入した。

気にしないようにしよう、と思いつつ、頭の中はいつ凪君が来るのか。そのことばかり考えていた。

——……いや、だめだ。凪君のことを思い出すと、連動するように昨夜の凪君が浮かんできてしまう……

引き締まった体と、熱を帯びた眼差し。普段からイケメンで目を引くけれど、夜の凪君はまたひと味違《ちが》う魅力があった。

セックスも熟れていて、強弱の付け方が上手《うま》い。私もあまり経験が多いわけではないけれど、凪君とのセックスは安心して彼に身を委ねることができた。

そしてなにより、気持ちがいい。これに尽きる。

あんなに抱かれたのに、今こうして彼のことを考えるだけで体が疼くのがわかる。はしたないけれど、また今夜抱かれたいとも思ってしまう。

こんな自分がとても恥ずかしいし、こんなことを思っている自分の変化にも驚いた。

――今まであんまりセックスに興味がなかったというか、しないならそれで構わない、くらいに考えていたのに。

私、愛のあるセックスの素晴らしさに目覚めてしまったらしい。

「すみません。食パンのカットをお願いしたいんですけど」

パンを並べながら凪君のことを考えていたら後ろから声をかけられ、内心飛び上がりそうになる。

「はい、かしこまりました。何枚にいたしましょうか」

「五枚でお願いします」

パンをトレイに載せ、カットするためにカウンターの奥へ引っ込んだ。

――いかん……うっかりセックスのことなんか考えてた……仕事中に凪君のことを考えるのは、やめよう……

いかんいかん、と自分を戒めながら、接客に集中する私なのだった。

それから二時間くらいが経過し、勤務時間終了の午後四時近くになった。できれば勤務時間内に来てくれたら嬉しい、と思っていたのだが、この様子だと多分、私が帰ったあとに凪君が来そうである。

――まー、忙しい人だししょうがないか。遅番のスタッフに伝言しておこう。

パンの載ったトレイには名前が書かれたメモが貼り付けてあるので、あとは遅番に凪君が来る旨を伝えるだけ。

ざっと店内のチェックをしてから、遅番スタッフに伝えに行こうとしたとき。店のドアが開いた。

「いらっしゃいま……あ」

ドアからするっと店内に入ってきたのは凪君だった。

「萌乃さん！　遅くなってしまって申し訳ないです」

まっすぐ歩いてきてくれた凪君が、私と目を合わせた途端、蕩《とろ》けそうな笑顔になる。

――可愛い。

ほわ……とした空気が私達を包みそうになった瞬間、ここが店の中であることに気付く。

いかん、場所をわきまえなくては。

「あ、じゃあ、すぐ用意するね、待ってて……」

「萌乃さん、四時で仕事上がりだよね？」

「うん、そうだけど……」

凪君がすすす、と私に近づき、耳に顔を寄せてくる。

「一緒に帰ろ？」

言われた瞬間、ボッと顔に火が点《つ》いたように熱くなった。でも、こんな顔を同僚に見せるわけにいかない。急いで気持ちを切り替え、クールダウンさせる。

「わかった。ど、どこかで待っててくれる？」

「うん、じゃあ……隣のカフェで待ってる」

うちの店の隣には、全国チェーンで有名なシアトル系カフェがある。

そこね、と承知してレジで精算し、一旦彼を見送った。

引き継ぎをして着替えを済ませ、タイムレコーダーで勤怠を記録してから職場をあとにした。隣のカフェのドアを開け中を確認すると、窓際の二人掛け席にいる凪君を発見。

カップを持つ姿も絵になるな……などと感心しながら、とりあえず彼の元に急ぐ。

「お待たせ。ごめんね、待たせちゃって」

凪君の席に近づくと、彼が笑顔で「お疲れ様」と言ってくれる。

「いや、遅くなっちゃってごめん。でも、どうせなら萌乃さんと一緒に帰りたいなって思って。よかったら何か飲む？　奢るよ」

「え、いいの？　じゃあ……ラテをショートでお願いしようかな」

「ＯＫ、待ってて」

飲んでいたカップをテーブルに置き、素早く席を立つ。

当たり前のように注文をしにカウンターに行ってくれた凪君に、じわじわときめく。

——優しい……こういうとこ、ほんとスマートね……

凪君の好意に甘えて席に座り、呼吸を整える。店内が空いていたこともあり、すぐに彼がラテを手に戻ってきた。

「どうぞ」

「ありがとう」

仕事を終えたばかりで飲むラテは体に沁みる。それが、目の前に好きな人がいると尚更だ。不思議といつもより美味しく感じた。

「で。萌乃さん、本当に体大丈夫？」

思わず飲んでいる途中のラテを噴きそうになった。

「あ、ごめん。飲んでるときに訊くべきじゃなかったね」

急いでバッグからハンカチを取り出し、口元を拭った。

「……いや、うん、大丈夫……」

「そっか、よかった。なんていうか、昨日はその……夢中になっちゃってて。朝、萌乃さんが帰ってからだんだん俺、酷《ひど》いことしたんじゃないかって不安に……」

言葉どおり、凪君の表情が徐々に暗くなっていく。

「不安になることなんかなにもないよ。確かに、その……げ、元気だなって思ったけど、凪君優しかったし……」

「本当……？　よかった。せっかく両思いになれたのに萌乃さんに嫌われたらどうしようって、そのことばっかり考えてた」

「嫌うわけないって。もう、考えすぎ」

ふふっ、と笑いが零れてしまう。そんな私を見て、凪君も表情を緩ませた。

「よかった……」

安心した様子で、カップを口に付ける。

「だから、私の様子が気になってパン買いに来てくれたの？」

「あ、いや……そういうわけじゃないんだけど。……いや、違わないか。今、萌乃さんがどうしてるのかが気になっちゃって、いてもたってもいられなくて。じゃあ、パンを買いにいけばいいいんだって。気がついたらスタッフにパン食べたい人‼　って声かけてた」

「それで十五個も？　もしかして、皆女性……？」

「いや、男性もいる。俺のも入ってるし」

「ありがたいです……でも食べ過ぎには注意ね。デニッシュ系だとカロリーも結構あるし」

「そのために毎朝ランニングしてるんで」

――しっかり自己管理してそうな凪君には愚問だったか……。むしろ気にしなきゃいけないのは私の方ですね……

実は私、今の仕事に転職してから三キロは太った。だってパンが美味しいから。

「あれ、どうしたんです？　頭抱えて」

「いや……さっき自分が言った言葉がブーメランのように私にぶっ刺さって……」

「ん？　食べ過ぎ注意のとこ？　でも萌乃さん、全然太ってないけど。俺としてはちょうどいい……」

恥ずかしくなってきて、彼の発言を手で制した。

「いやいやいや‼　ここ数年、一年に一キロずつ増えてるのよ。ほんと、このままだとやばいんだって……！」

健康診断の結果を見ればそれが顕著にわかる。見事に右肩上がりだから。

「じゃ、萌乃さんも朝一緒に走る？」

「い、いやあ……私、走るのはあんまり得意じゃないから……」

「でも、本当に萌乃さん太ってないよ。だから無理なダイエットとかはしないで。もし、どうしても痩せたいんであれば、いいジム紹介するから」

「凪君、ジム行ってるの？」

ランニングだけであの体を作り上げたのかと思っていたのだが、どうやらそうではないらしい。

「ランニングだけだと物足りないから、たまに行ってベンチプレス上げたりとかしてる」

「……なるほど。確かに凪君、体が締まってたもん。腕の筋肉も結構ついてたし」

凪君は細身だけど、腕や足は筋肉質できゅっと締まっている印象だ。ムキムキではないけれど、締まるところはきっちり締まっている細マッチョな感じ。

するとなぜか、彼が私を見てにやりと意味深に笑う。

「そう。俺、萌乃さんくらいなら軽く持ち上げられるよ」

「……え？　そうなの？」

「うん。だから、疲れたときは俺を頼って。抱っこでも、おんぶでもなんでも、いくらでもしてあげるから」

少し身を乗り出し、彼が私の返事を待っている。その姿も可愛くて、私をほっこりさせる。

……いや、違うか。可愛いじゃなくて、かっこいい、だ。

それに加え、こんなに私を気遣ってくれる彼の優しさが嬉しかった。

「ほんと？　ありがとう。じゃあ、疲れたときは遠慮なく言うね」

笑いながらラテに口をつける。目の前の凪君もカップに口を付けていたけれど、ぐっと背中を反《そ》ってドリンクを飲み干すと、空になったらしきカップをテーブルに置いた。

「萌乃さんはこのあと、まっすぐ帰ります？」

「ん？　そうねえ……あ。いや、スーパーに寄ってから帰る。夕飯の材料買っていかないと」

そうだった。うっかり忘れて、このまま帰ろうとしてしまった。あぶない。

「じゃあ、買い物に付き合います」

私も残っていたラテを飲み干したら、空になったカップを立ち上がった凪君がスッと奪った。そのまま、自分のカップも持ってゴミ箱に捨ててくれた。

――なんてスマートなんだろう。

さりげないことだけど、こういうことが相手の好感度を上げていく。これはまだ予想だけど、凪君って一緒に過ごせば過ごすほど、彼の良さにハマってしまいそう。

「さ、行きましょう」

差し出された手に自分の手を重ねる。そのまま、ぎゅっと握り指を絡められる。

恋人なら手を繋ぐのくらい当たり前のことなんだろうけれど、地味に照れる。

「萌乃さんの手、温かいね」

「いやあの……それを言うなら凪君だって」

温かいというか、汗ばんでいないかが気になって仕方ない。横では彼が、「俺、体温高いんですよ」と話している。

手を繋いだまま、近くにあるスーパーマーケットに入った。

凪君がかごを持ってくれたので、それをありがたく思いながら必要なものだけをかごに入れていく。お弁当に入れる鮭《さけ》とか、味噌汁用の乾燥わかめとか、長ネギとか。

「俺が持つから、重たい物も入れていいよ」

「なんて嬉しい申し出……！　でも、重い物はいつもネットで買ってるんだ。醤油《しょうゆ》とかお酒とかみりんとかね。今日は、細々としたものやすぐ食べたいやつだけ買っていこうかと。あ、でも重い物あった。牛乳パック」

一応凪君の顔を確認したら、笑顔で「どうぞ」と言われたので、遠慮なく牛乳パックをかごに入れた。

買い物を終えレジで精算し、持参したエコバッグに商品を入れていく。凪君はパンの袋も持っているのに、買い物袋まで持ってくれてなんだか申し訳なくなった。

「凪君……せめてパンの袋は私が……」

「大丈夫ですって。これくらい大した重さじゃないから」

しかもさっきまで止んでいた雨がポツポツ降ってきた。なんて悪いタイミング……と心の中でため息をつきながら急いで彼に傘を差した。

「私が傘を差すと凪君、前が見えないのでは……」

「いや。もう慣れた道なんで多少見えなくても大丈夫。その代わり、前に障害物があったら萌乃さん、教えてください」

「わかった」

こんな感じで、前に自転車があったり電柱があるのを彼に知らせながら、無事に私のマンションの前に辿り着いた。

エントランス前で荷物を受け取り、改めて凪君にお礼を言った。

「重たいのにありがとう。助かったよ」

「いやいや、これぐらいたいしたことじゃないから。こちらこそ、パンありがとう。……あとさ。俺、店のスタッフさんにあの人また来た、とか言われてない？」

「言われてる」

事実を明かしたら、凪君が一瞬だけ痛そうな顔をした。

「まあ、そうだよな……ここんとこハイペースで大量のパン買ってるもんな、俺……」

「でも、うちのスタッフ女性が多いから、来るの楽しみにしてるみたい。逆に来ないとどうしたんだろうねって言われてる」

やはり女性はイケメンが好きなのだ。それは間違いない。

「そうなの？　じゃあいいか」

「全然いいよ。ぜひぜひ、またのご来店をお待ちしています」

あはは、と軽やかに笑う凪君だけど、彼がここから立ち去る気配は……ない。

「なんか、名残惜しくて帰るに帰れない」

私もほぼ同意なので、笑いながら頷く。

「だね。昨日も会ってるのに」

「でも、俺仕事残ってるから行かないと。今度は綺麗に仕事片付けて、丸一日以上萌乃さんと一緒にいられるようにする。だから、ちょっとだけ待ってて」

「わかった」

凪君が突然周囲を見回す。エントランス周辺に誰もいないことを確認したのか、素早く私の唇にキスしてきた。

「もっと濃いヤツは今度会ったときね。じゃ、また」

いまだにドキドキが止まない状態で、手を上げて彼を見送った。朝のランニングのように軽やかに走り去っていった凪君は、あっという間に見えなくなってしまう。

——キスも素早かったけど、足も速い……

まだほんのりと感触の残る唇を手で覆いつつ、デレデレの顔を住人の皆さんに見られないよう、急いで自分の部屋に戻る私なのだった。


翌日。

職場での休憩時間、河津さんと遭遇した。

「あっ、武林さん！　お疲れ様です」

「お疲れ様です〜」

温かいお茶を飲んでいたら、河津さんがすすす、と私に近づく。

「あれからどうです？　例の方と」

「えっ。ど、どうって……」

「ここんとこあの方は来てるんですか？」

河津さんは昨日シフトに入っていなかったため、私が仕事を終える時間に彼が来たことを知らない。

「……昨日、来ましたよ。パンを十五個買ってくれました」

「ほほう。んで、なにか進展ありました？」

にこにこしながら私の返事を待つ河津さんに、なにもない……とは言いにくい。

――まあ、河津さんならいいか……

「あの……実は、付き合うことになりまして」

打ち明けた途端、河津さんが「まあ‼」と言って口を手で覆った。

「おめでとうございます‼」

「あ、ありがとうございます……改めて言われると照れますね……」

「でも、相手の方、あれだけ通ってくれてたし、武林さんのことかなり本気だと思ってたんですよね。で、あの方っておいくつくらいですか？」

「……二十五なんです」

「若っ！」

即答する河津さんに、ですよね～と同意する。

「そうなんですよ、若いんです……そんな若い人が私をなんて、不思議なこともあるもんだなって……」

冷めて飲みやすくなったほうじ茶を啜《すす》ると、隣にいる河津さんがいやいや、と首を横に振る。

「恋すると年齢差なんか関係ないですよ。うちだって旦那、年下ですもん」

「えっ⁉　そうだったんですか？　初耳なんですけど……」

「まあ、今まで訊かれなかったですしね。ちなみに七歳差ですよ」

「なっ……ななっ⁉」

今度は私が驚いて声を上げてしまった。危うく持っていたカップの中のほうじ茶が零れそうになる。

驚く私に、河津さんが苦笑していた。

「そんなに驚きます？　……って、私の周りも言ったときは皆驚いてましたね」

「七歳差、って大きくないですか？」

私の質問に、河津さんがん～、と考え込む。

「最初はそれなりに年齢差を感じましたけど、付き合って数年経つともうあんまり……慣れますよ」

「ど、どういう関係だったか訊いてもいいですか？」

「職場の同僚ですよ。相手が二十三、私が三十。電気工事の会社だったんだけど、向こうが技術者で、私は事務員だったの」

淡々と話す河津さんと、自分の境遇が重なる。といっても、私と凪君は三つしか違わないけど。

「七つですか……それを知ると、私と彼の三歳差なんかどうでもいい気がしてきました」

「三歳なんか全然ですよ！　ほぼ年の差がないようなもんです」

「それ、相手にも言われました……」

ずず……とほうじ茶を啜る。

「それにねえ、若いうちはまあしょうがないとしても、年取ってからは結構メリットありますよ！　私が定年退職しても、相手は現役バリバリとかね」

「あ、そうですね。そうなるのか」

確かに、河津さんご夫婦の場合、河津さんが六十五で退職したとしても、相手はまだ五十八。昔と違い今は定年退職が六十五歳の会社も増えているので、それを考慮するとまだまだ働き盛りである。

「それに、やっぱり相手が若いと自分も負けてられないってなって、気持ちが若くいられる気がするの。知らない間に相手のエネルギーをもらえているのかもしれないです」

「エネルギーかあ……それはいいですね！　やっぱり、いつまでも若くありたいっていうのは誰しもあるだろうし」

「そうそう。意外といいもんですよ？」

河津さんが休憩室を出て行ったあとも、彼女が言ったことを思い返していた。まさか身近に年下の男性と結婚した人がいたとは。

――なんか、たった三歳の年の差を気にしてた私って……

ほぼ無意味なことだったんだな～と改めて思った。それにエネルギーをもらえるという話は意外だった。でも、考えてみるとその話も、なんだかわかる気がした。

凪君の笑顔を見ると元気になる。彼が仕事で頑張っているのを目の当たりにすると、私も頑張らなければとエネルギーが湧く。もちろんこれは彼が若いからだけじゃなく、相手が年上でも同い年でも言えることだけど。

でも、彼の隣にいても許される自分でいたい。そう思うと、やっぱり気持ちを若く保つのは大事なことだと思う。

──私にもできるかな。

なんだか、これから先のことが俄然楽しみになってきた。

こういうのを踏まえると、意外と年下の恋人っていいものかも。と思えるくらいには、自分の考えが変化してきているのを感じた。


それから数日後。

このところ、凪君は月末で忙しいということもあり、店には来ていない。私もパートスタッフに感染症に罹患《りかん》した人が出てしまい、代理で出勤するなど慌ただしい日々を送っていた。

「でも、感染症はどうしようもないですよね～」

ここ数日、一緒になんとか店を回してきた社員に同意する。

「ねー。でも、こんなのなかなかないよ。今年はよっぽど流行《はや》ってるんだね……」

私がこの会社に就職してこの店舗に配属になってからというもの、感染症でパートさんがほぼ全滅なんて事態に陥ったことはなかった。

それでもパンがあるかぎり店は開けないといけない。というわけで、このところゆっくり凪君と会う時間が取れない状態なのだ。

それでもかろうじて朝だけはランニングする凪君に遭遇するので、そこでお互い顔を見て現状報告をしているのだった。

——凪君、忙しそうだったな……なんか、数日前は日帰り出張で東北まで行ってたし。ちゃんとご飯食べてるかな……

時折心配になるけれど、彼の周りにはスタッフさんがいる。そのことを思い出して、そうだった、と気が抜ける。これをここ数日、何度か繰り返していた。

すると、昼休憩のとき。

久しぶりに凪君からパンの取り置き依頼メッセージが入っていて、「おっ」となった。

【また萌乃セレクトでパンを十五個取り置きお願いしていいかな。甘くても食事系でもなんでも可です。俺の代わりに別の者が取りにいきます。よろしくお願いします】

たとえ凪君が来られなくとも、取り置きの依頼だけでもかなり嬉しかった。

急いで店内を見回し、よさそうなパンがあるかどうかを確認。この前とまったく同じにはできないけれど、今日は今日で目玉のパンがあるので、急いでトレイにパンを確保していった。

この前はデニッシュ系のパンが多かったけれど、今回はお食事系のパンを中心にした。太い食べ応えのあるハーブのウインナーが挟まったパンや、明太子とバターをたっぷり塗って焼き上げた明太子フランス。今日の目玉は塩麹《しおこうじ》に漬け込み柔らかく揚がった鶏肉《とりにく》の唐揚げとタルタルソースを挟んだ鶏タルタルコッペパン。女性が一個食べるのは少々重いかもしれないので、これは凪君が食べることを想定して入れた。

残りはやはり女性が好きそうなオレンジのデニッシュや、アップルデニッシュ。それからあんパンやクリームパンなどの定番も入れて、全部で十五個。

取り置きとして岐部の名前でトレイに載せておく。

――彼の代わりに来る人って、どんな人なんだろ……過去にも来たことのある人だろうか。

といっても私は会っていないのでわからないのだが。

そもそも凪君の会社は、女性が多いのだろうか。

彼はいつも、デニッシュ系などの甘い女性が好みそうなパンを多く買っていく。それに、デートで行ったパン屋も会社のパン好きのスタッフに聞いたと言ってたし。

小さなモヤモヤが胸の辺りに広がりだした。このままじゃすごいいやな女になりそうだと、自分で気がつき、考えるのはやめた。

――誰が来たっていいじゃない。うちの店のパンを美味しく食べてくれるなら無問題よ。

「あの、すみません。このパンってここにあるだけで終わりですか？」

お客様に声をかけられたことで、強制的に仕事モードに切り替えられた。

「こちらのパンでしたら、さっき焼き上がったものがございますので、今お持ちしますね」

笑顔で対応しながら、とりあえず凪君の会社の人を待つことにする。

そして待つこと約一時間。

「取り置きの商品を受け取りに来ました」

店に入ってまっすぐレジカウンターに来てくれた女性は、おそらく二十代前半。さらさらのボブヘアでぱっちりとした目と、艶《つや》のあるピンク色のリップグロスが印象的。いかにもいまどきの可愛らしい女性だ。

「かしこまりました。お名前をお伺いしてもよろしいですか？」

この人がそうかな、と思いつつも、取り置き注文は凪君以外にも数件ある。確認の為に名前を確認すると、目の前の女性は私の目を見てきっぱりと言い放った。

「きべ、です」

はっきりと彼の名前を名乗る女性と、バッチリ目が合った。

やっぱりこの人か。

「岐部様ですね、お待ちしておりました。ご用意いたしますので、少々お待ちください」

笑顔でやりとりをして、商品が置いてある棚に移動する。

――……若いな……いくつくらいだろう……

社長である凪君が若いので、あの会社の社員は若い人が多いのかもしれない。

そうか、だからパンなんかいくらあっても消費できちゃうよね、と自分なりに解釈しながら彼女が待つレジカウンターに戻った。

「お待たせいたしました。では、こちらですね。パン十五個になります」

「あの。あなたが岐部社長の彼女さんですか？」

「え？」

声に反応して顔を上げると、真顔で私の返事を待つ女性がいた。

ていうか、なんでこの人がそのことを知っているのだろう？

――凪君、もしかして話したの？　でも、ただの従業員に私的なことを話す必要って……ある？

なんだか訳がわからないけれど、目の前には女性がいる。とりあえず、今はこの人と対峙しなくてはならない。

「えーと？　あの……その話は一体どこから……」

「岐部社長本人です。この店に恋人がいると言っていました。……パッと見たところ、若い女性はあなたしかいらっしゃらなかったので、あなただろうと私なりに推測して、声をおかけしました。ていうことは、やっぱりそうなんですか？」

まさかとは思ったけれど、彼女は今、はっきりと社長本人から聞いたと答えた。

心の中でおもいっきり首を傾げる。

――なんで凪君、私のことをスタッフさんに話してるのだろう？　それに推測って一体どういうこと？

この人と凪君の関係性がよく見えない。

加えてやけに強気な様子の女性の存在が、なんだか私を不安にさせる。

これは、念の為あとで凪君に電話して確認しないと。

——それはともかく……凪君と交際していることをこの人に明かすの、なんかいやだな。まずプライベートなことだし、この様子だと恋人であることを明かしても目の前の女性は喜ばない。それどころか、もっとなにか言われるんじゃないかという懸念がある。でも、ここは職場だし、逃げるわけにはいかなかった。

少々気が引けるけど、彼と交際しているのは事実なので、もうどうにでもなれ。

「……はい、一応……」

運良くさっきまで店内にいた他のスタッフは今外の清掃や休憩に入ってしまい、今は私と、この女性しかいない。

他の人に会話が聞かれないのはいいことだけど、早くこの人との会話を終わらせたい一心だった。

でも、案の定。私が凪君との交際を肯定すると、わかりやすく女性の顔が曇った。

「そうなんですね。……」

憮然と黙り込む女性に、胸にモヤモヤが立ちこめる。

なにこれ。どうしたらいいの。

――話、終わらせていいのかな……

困惑しつつ、紙袋にパンを詰めていく。

「社長が……」

「え？」

女性が口を開いた。声がすごく小さくて、耳を澄まさないと聞こえないレベルだった。

「社長が、このところパンばかり買ってくるので、社員の皆で噂してたんです。もしかして彼女とか、好きな人がその店にいるんじゃないかって。まさかと思ってたんですけど、やっぱりそうだったんですね」

「そ、そうでしたか……」

「でも、私、もっと若い女性かと思ってたんです。……失礼ですが、社長よりも年齢、上……ですよね？」

女性が私の姿を上から下まで、目だけで確認する。

言葉が鋭利なナイフのようになって、私の胸に刺さった。

――今、なんて言った……？　凪君よりも年上かって訊かれた……？

なんであなたにそんなことを訊かれないといけないのか。……と、心の中ではキレていた私だけど、さすがに目の前の人にキレたりしない。

「まあ、そうですね」

「やっぱり」

女性が上目使いでちらちらとこっちを窺ってくる。

「なんで社長なんですか？　それとも遊びのつもりですか？」

いきなりなにを言われるのかと思ったら。とんでもないことを言われて、これに黙っているなんてできなかった。

「いえ！　遊びじゃないです。ちゃんと真面目にお付き合いしてます」

少し強めの口調で反論したら、彼女の目が鋭くなった。

「納得できないです。どうしてあなたなんですか……私の方が若くて可愛いのに……」

「……は？」

今彼女が言ったことが信じられない。

思わず目を丸くして聞き返したら、彼女が口を尖らせながら、じとっとした目で睨まれた。

「とにかく。私はあなたのことを認めてませんから！　……ここのパンは美味しいから好きですけどねっ‼」

「え、あ。ありがとうございます……」

彼女はパンがたっぷり入った袋を私から奪うように摑み、それを持って店を出て行ってしまった。

——すごい勢いのある子だった……ていうか、言われたことがまだ理解できない……最後の一言に呆気にとられていた私だが、よくよく考えたら代金をもらっていないことに気がついて、その場で脱力した。

「もー‼　言いたいことだけ言って帰っちゃったよ……」

仕方なく代金は私が立て替えて、再度凪君に連絡をした。

彼には訊きたいことがたくさんあるので、また夜電話するとメッセージだけ送り、スマホを閉じた。

勤務が終わり着替えを済ませてスマホをチェックすると、凪君からいくつものメッセージが入っていた。

真っ先に目に入ったのは「ごめん‼」という文字で、彼の慌てぶりが窺えた。

——まあ、慌てるよね……頼んだスタッフが代金払わずに帰ってきちゃったんだもんね……でも私が聞きたいのはそのことじゃないのよね……

メッセージをチェックしていくと、最後に【今晩萌乃さんの部屋にいきます】とあって、ドキッとした。このドキッ、は恋心からくるときめきじゃない。背筋が寒くなる方のドキ、である。

――えっ。うちに、来る……!?

思わぬ展開にあたふたしそうになる。

でも、私のパン好きはもう変えられないし、部屋もどうしようもない。パンだらけの冷蔵庫だって捨てる気はさらさらないし、いっそのことここで腹を括《くく》るべきなのかもしれない。

そう。私のことを好きだと言ってくれるなら、パン好きな私もひっくるめて好きだと言ってほしい。……きっと、凪君なら大丈夫。

腹を括り、スマホをバッグの中に入れ急いで職場をあとにした。

凪君が来るのは仕事を終えてからの夜七時以降。現在の時刻は夕方の六時前。時間はあるので、夕飯の準備くらいはできそうだ。

マンションに戻ってまず、軽く部屋を掃除した。それから夕飯の準備に取りかかった。

今のところ凪君が食べるかどうかはわからないので、万が一彼が食べることになってもいいように多めに作った。

今晩は鋳物《いもの》の鍋で作る野菜のピラフである。米と野菜と調味料、そして鋳物の鍋があればできるし美味しいので、よく作るレシピだ。

鍋に材料をセットし、火加減を調整しながら他のことをする。タンパク質が必要だなと冷蔵庫を漁り、卵とハムとレタスで中華風のスープを作る。

あとは適当に冷蔵庫の残り物で済ませようと決め、夕飯の支度はほぼ終わり。あとは凪君を待つばかり。

普段座っている一人掛けの座椅子に腰を下ろし、一息つく。こうしてやることがなくなった途端頭に浮かぶのは、昼にうちの店に来た凪君のとこのスタッフさんの顔だ。

『失礼ですが、社長よりも年齢、上……ですよね？』

――面と向かってあんなこと訊いてくるなんて、最近の若い子ってすごいな……

こんなことを考えている時点で、既に思考がおばさん化してきている自分に気付く。

「年上っていったって、三つだけなんだけど……」

それでも二十代前半の女の子からすれば、こっちはアラサー。だいぶ年上に見えるのかもしれない。

それとも私って老けてるのかな、と鏡を取り出し、顔を確認してみる。

――別に特別老け顔でもないし……普通だと思うんだけどなあ……でも若い子と比べられたら、そりゃ多少劣るのは当たり前だ。

年齢のことは、先日の河津さんとの会話で克服済みだった。

でも、改めて彼の周りの女性からすれば、そういう風に見えるんだとわかり、ショックだった。

はあ……と項垂れていると、一階からのドアホンが鳴った。ぱっと時刻を見れば、夜の七時まではあと二十分ほど。

――予想してたより早いな。

モニターを覗くと、案の定そこには凪君の姿があった。その顔はどこか神妙だ。

「はい、どうぞ」

解錠するボタンを押して、凪君を招き入れる。ややあってから今度は部屋のドアホンが鳴ったので玄関へ行くと、まず第一声が「ごめん」だった。

「申し訳ない……‼　ちゃんとお金は持たせたんだけど、なんでか払うの忘れたって……」

凪君の額には汗が浮かんでいた。それに軽く息が上がっており、走ってここまできてくれたのは明らかだった。

――そんなに急いで来てくれたの？　嬉しい……

チョロいかもしれないが、そんな凪君にキュンとしてしまう。好き。すごく好き。

「とりあえず、入って？　話はそれからゆっくりしよう」

よく見たら彼はスーツにスニーカーという、アンバランスな格好だった。まあ、革靴は走るのにあまり適していないか。

私の部屋に入ると、凪君が部屋の中を興味深そうに見回していた。そういえば、彼がこの部屋に入るのは今日が初めてだった。

「ここが萌乃さんの部屋かあ……」

「う、うん」

「あのさ」

凪君が私の方へ体を向ける。

「冷蔵庫、二つあるね」

「はい……」

やっぱりそこに目が行くね。そうよね。

「その……パンを冷凍してストックするための冷凍庫と、パンに使うジャムとか、バターとかを保管しておく冷蔵庫が欲しくて……」

「え。マジで。すごいね。バターってそんなにいくつもあるの？」

「あるの。いろんなメーカーから美味しいバター出てるし。その日の気分で変えてるから……」

「消費期限とかあるでしょ？　一人で消費できるもんなの？」

食いつくのはそこなのね。

「えーと、そういう場合は料理で使ったり、職場に持っていって自由に使ってくれって冷蔵庫に入れておくの。そうするとあっという間に終わるから……」

「なるほど」

凪君が大きく頷いている。

「ひ……引かない？　大丈夫？」

恐る恐る訊ねると、凪君が不思議そうな顔をする。

「なんで引くのさ。そんなわけないじゃん」

「だって、部屋の中パンだらけだよ⁉　部屋の中にも冷蔵庫があるとか……」

「うん、クッションもパンで可愛いね。こういうのどこで売ってるの？　俺も欲しいな」

床に置いてあるクロワッサン型のクッションを拾い上げ、凪君がマジマジと眺めている。

「萌乃さんの好きなことに俺が引くわけないよ。パン好きなところも、すごく可愛くて大好き。むしろ俺もこれくらいハマれる趣味がほしいくらい」

なんと寛大な。

すごく可愛くて好き、だとか。こんなことを言ってもらえるなんて思わなかった。

「ほ、ほんと……⁉　よかった……」

心の中で大きく胸を撫《な》で下ろす。

好きになったのが凪君で本当によかった。悩んだのがバカみたいだ。

「それよりも、なんかいい匂いがするね」

髪を掻き上げながら、凪君がくん、と部屋の匂いを嗅いでいる。

「さっきまで夕飯作ってたの。凪君、ご飯は？」

「まだです」

即答だね。

「野菜のピラフとスープと昨日の残り物だけど、一緒に食べる？」

「食べます」

これにも即答だった。

――即答可愛い……

笑いたいのを我慢しながら、彼には先に座ってもらう。彼がジャケットを脱いだりしている間に、食事の準備をする。一人用の小さいトレイにピラフとスープを載せ、彼の前に置いた。残り物は私も一緒に食べるので、皿をテーブルの真ん中に置く。

いつも私が一人で食事をしているテーブルは、二人分の料理が載るともうスペースがない。こんな光景を見るのは随分久しぶりで、なんだか嬉しい。

――といっても以前一緒に食事したのは冴だけどね……。二人でつまみを持ち寄って酒盛りしたのが懐かしいわ。

「たいしたものじゃないけど、よかったら……って、どうしたの？」

お茶を淹れて空いているスペースに置き、凪君を見る。なぜか彼は額に手を当て項垂れていた。

「だって……俺、今から好きな人の手作り料理食べるんですよ。やばくないですか？」

「どこら辺がやばいのかよくわからないけど。でも、口に合うかわかんないよ？」

「そんなの、合うに決まってる。萌乃さんの手料理だよ？　心して食べないと」

「ありがたいけど、そこまで言ってもらえるほどの物ではないかと……でも、まあいいや。どうぞ、召しあがれ」

凪君が手を合わせて「いただきます」と唱え、箸を持つ。

まずスープ、次にピラフを口に運んだ凪君が、はあ～……とため息をつく。

「うまい……」

「あっ、ほんと？　よかった～！」

彼の口から美味いという単語が出たことにほっとする。

でも、こんなに喜んでくれるならもっと手の込んだもの作ればよかった。若い男子が好みそうな料理を。

「じゃあ、今度は凪君の好きな物作るよ。あとで好きな料理教えてね」

「……萌乃さんって、なんで俺が喜ぶことばっかり言ってくれるんだろ……俺、幸せ過ぎて死にそう……」

「こらこら。それよりも、昼間のことなんだけど……」

食べているときに本題に入るのは少々申し訳ない気もするが、ずっとそのことが気がかりで落ち着かないのだ、仕方ない。

でも、私が話を切り出した途端、凪君の表情が変化した。

「あっ。そうだった。これ、代金」

あらかじめメッセージで金額は伝えておいた。私としてはあのパンを私からの差し入れにしてもよかったのだが、凪君が頑としてそれを受け入れなかった。

「ありがと。確かに受け取りました」

お金の入った封筒を受け取り、財布などが入ったバッグの側に置いた。

そんな私の動作を見守ってから、凪君がはあ、とため息をついた。

「それにしてもなんであの子、支払いを忘れたのかな……一番大事なのに。お使いも満足にできないようじゃ、これから先なにをやらせたらいいのか……」

彼はいまだに納得がいかないらしく、首を傾げながらブツブツ呟いている。

――これって、絶対彼女から何があったかは聞いてないよね……

まあ、言うわけないか。と、半ば諦めの気持ちでお茶を飲む。

「凪君、あの女性って、凪君の会社の社員さんなんだよね？」

これに凪君が小さく首を横に振った。

「いや。まだバイト。今、近くの女子大に通ってるよ。でも、うちに入りたいらしくて、来年うちの新卒採用にエントリーする気でいるみたい」

――学生!!　そりゃ、若いはずだわ……

心の中で大いに納得する。

来年採用試験受けるってことは、今三年生？　多分、二十一歳くらい。そんな子から見たら、二十八の私はやはり、おばさんに見えるのかしら……

地味に凹《へこ》んでいると、凪君が軽く身を乗り出してきた。

「……もしかして、なんかあった？　萌乃さん、今日なんだか元気ないよね」

「え？　そんなことないけど……あ、最近仕事が忙しかったからかな」

「だったらいいんだけど。でも、なんかそれだけじゃないっていうか……他にもあったでしょ？　もしかしてあの子……泉《いずみ》っていうんだけど、彼女が萌乃さんになにか言ってきたとか」

訝しがる凪君の様子からして、彼女と彼の間にはなにかがあった、もしくは凪君にとって思い当たる何かがありそうだった。そんな気がしてならない。

――今、この場を誤魔化《ごまか》したって無駄よね……泉さんが凪君に今日のことを話してしまう可能性もあるし。隠さず全て言っておいたほうがいいのかも。

「うん、まあ……ちょっと」

正直に肯定したら、食事の手を止めた凪君が、テーブルの横にずれ、座ったままで手を使い、私に近づいた。

「泉になにを言われたの？」

神妙だけど、瞳の奥に強い意志を感じる。

これ、答えようによっては、凪君が気分を害してしまうのではないか。

そんな懸念が脳裏を掠《かす》めた。

「それがその……あの…………岐部社長の恋人は、あなたですか、……て」

明かした瞬間、凪君の眉根が狭くなり、刻まれた皺《しわ》が深くなっていく。

「萌乃さんに直接言ってきたの？　なんで？　俺、萌乃さんの名前も特徴も教えてないのに」

名前も特徴も、ってことは、彼女の存在は伝えたのかな。

「多分、そのとき店にいたスタッフで、それらしいのが私しかいなかったからかと……あとは皆さん、年配の主婦パートさんばかりだから」

凪君の眉間に刻まれた皺がさらに深くなる。

「じゃあなに、萌乃さんに辿り着くまで、しらみつぶしに店のスタッフを当たっていくつもりだったってこと？　ちょっと待ってくれよ、あいつ……なんつー恐ろしいことを……」

信じられない、という顔をしている凪君に、私も同意しかない。

「……多分泉さんは、凪君の相手が私だって知ってショックだったんだと思う。だからお金のことも忘れてパンだけもらって出て行っちゃったのかなって」

「ショックってどういう意味？」

不安混じりの低い声に、しまったと思った。

彼の怒りの矛先が泉さんに向くのは、直感でマズいと思ったからだ。

「いやあの……それは、ほら。二十一歳の子からしたら、私なんておばさ……」

「そんなことない。俺にとって萌乃さんは、たった一人の大切な人なんだよ？　それに何度も言うけど、俺と萌乃さんは大して年離れてないんだから。で、泉さんは萌乃さんになんて言ったの」

「えーと、それは……」

あのときの泉さんを思い浮かべる。

【納得できないです。……私の方が可愛いのに……】

……いや、こんなの言えないでしょ。

グッと唇を噛みしめ、数秒逡巡《しゅんじゅん》する。この話を引き延ばすのは危険、そう判断した。

「本当になんでもないの。だからもう気にしないで？」

ここらで話を切り上げることにしたのだが、凪君は当然の如く納得していない。いまだに顔は訝しげだ。

「なんで話を終わらせようとするの……」

「だって。これ以上話したら凪君と泉さんの関係が悪くなりそうだし。私が彼女に言われたことなんか、たいしたことじゃないよ。もう気にしないで」

少し強めの口調で、わかってほしいと念押しする。

そんな私を、なにか言いたげにじっと見つめていた凪君だったが、観念したように目を伏せ、静かにため息をついた。

「これはまだ確実ではないんですが、もしかしたら泉さんは、俺に好意を持ってる気がするんです」

「でしょうねえ」

私があっさり肯定したので、凪君が意外そうな顔をした。

「萌乃さん気付いてたの？」

「そりゃ気付くでしょ。じゃなかったら私が凪君の恋人だってわかった途端、不機嫌になったりしないだろうし」

――ついでに私の方が可愛いのに、なんて言われりゃね……でもこのことは言わないでおこうっと。

凪君は困ったような、戸惑うような顔をしてから、ポツポツとあの日あったことを話してくれた。

凪君が事務所でパンいる人――、とパン希望者を募り、取り置きしておくから、誰か取りに行ってきてくれない？　と頼んだところ、手を上げたのが泉さんだったそうだ。

「万札渡して、これで買ってきてって店の名前を伝えてお願いしたんだ。そうしたら、突然『社長が最近パンをよく食べてるのは、なにか理由があるからですか』って訊かれて。別にないよって答えたんだけど、なかなか引き下がらなくて。だから、その店の人と最近仲がいいから、て答えたの。そしたら、仲が良いって、それって彼女ってことですか、って突っ込んで訊かれた」

「……いきなり飛躍してるね？」

なんで仲が良い、から彼女ということになるのだろう？

「でしょ？　俺もわけわかんなくて。でも、違うっていうのもなんか……だって、萌乃さんと付き合ってるのは事実だし、俺、萌乃さんの存在を隠すのいやだし。だから、そうだって答えたら、ムッとしたような泣きそうな顔されて」

「で……？」

「そのまま事務所を出て行きました」

「……そ、そっか……」

返答に困るな、これ。

凪君のことが好きな泉さんの気持ちは、同じ女ならなんとなくわかる。目の前で彼女の存在を明かされて、相当ショックだったに違いない。

でも、だからといって彼女だと勝手に断定して、しかも物申すのはどうかと思うけど。

「萌乃さん、ごめん」

いつになく凪君が小さく見える。

決して凪君が悪いことをしたわけじゃない。彼はむしろ、彼女にはっきりと私の存在を明かしてくれた。それは私にとってすごく喜ばしいことだし、ありがたかった。

「謝らないでよ。私は大丈夫。それよりも、会社で凪君が泉さんと気まずくなっちゃうのは、あまりよろしくないかなって……そこが心配なんだけど」

「いや、それは大丈夫だから」

背筋を伸ばした凪君が、これに関してはきっぱり言い切った。

「泉さんは毎日バイトに来ているわけじゃないし、来たとしても彼女がやるのはほぼ事務作業の補助で、あまり俺と関わることはないんだ。それに正直、会いたくなければ会わずに過ごすことは可能だし」

「いやでも、来年凪君の会社受けようとしてるくらいなんでしょ？　いいの？」

「萌乃さん、あのね……」

凪君が座ったまま手を使って、更に私との距離を詰めた。

「うちの会社レベルでも、毎年新卒での入社希望でエントリーする学生はかなりいる。でも、うちは大勢の学生を採用できるほどの規模がないので、毎年採用する数は少ないんだよ。それにどちらかといえばうちは理系の学生を積極的に採用してるので、文系学生の泉さんが採用される可能性は今のところ低いかな。実際、うち事務職の正規採用は当面しない予定だし」

「そう、なのね……」

確かにここ最近、文系の学生よりも理系学生を求めている企業が多い、というのはよくニュースなどで見知っている。身近なところでそういう話を聞くと、なんだか泉さんが不憫《ふびん》に思えてきた。

――凪君に思いを寄せている事実は少々気がかりだけど、希望する会社の社長に採用が難しいって言われちゃうのも、ちょっと悲しいね……

世知辛いわ……と私が落ち込みたくなる。

「そんなことよりも」

凪君の手がするりとのびてきて、私の手を包む。

「萌乃さん、嫉妬してくれたの？」

「えっ……」

図星すぎて、顔に熱が集まってくる。

「泉さんのことは申し訳なかった。でも、こんなに早く萌乃さんが嫉妬してくれるようになるなんて思わなかったから、嬉しい」

「う、嬉しいって……私は嬉しくない……」

「うん、ごめん。でも、付き合ってもらえはしたけど、絶対的に俺の方が萌乃さんのことを好きだから。だから……」

私の手を握る彼の手が、私の指と指の間を撫でてくる。

くすぐったい。でも、気持ちいい。

「萌乃さん、顔赤いよ。もしかして、気持ちよくなってきちゃった？」

これはきっと確信犯だ。

「わ……、わかってるなら言わないで……」

「ふふ。萌乃さん、可愛いなあ」

彼は俯《うつむ》いている私の顔を下から覗き込んで、そのまま唇にキスをしてきた。

ただ触れるだけかと思ったキスは思いのほか長く、気付けば腰に手を回され、舌を絡めた長いキスに変化していた。

「ん……な、凪、く……」

「なに？」

「夕飯……まだ残ってるけど……」

「大丈夫だよ。萌乃さんを食べたあと、残さず綺麗に食べるから」

「〜〜〜っ」

冗談かと思いきや、彼はそのまま私を床に押し倒した。部屋着の裾からためらいなく手が入ってきて、ブラジャーごと私の乳房を包み、捏《こ》ねる。

「ンっ」

胸の先端を彼の指が掠め、意図せず声が出た。

「萌乃さん、もうここ固くなってきてる」

実況するみたいに、彼が部屋着を胸の上まで捲《まく》り上《あ》げ、ブラジャーの中で固くなった尖りを指で弄ぶ。

「だ……だって、触るから……」

「そっか。じゃあ、舐めたらどんな反応するかな」

「え……」

言い終えるとすぐ、凪君がブラジャーから乳房を露出させた。中央の尖りは、私から見てもわかるくらい固く尖り、今にも彼に舐めてほしいと訴えているようだった。

その尖りに、凪君がゆっくりと舌を這わした。まず舌全体を使い一舐めすると、今度は舌の先を使いツンツンとノックするように先端を愛撫する。

「ひ……あっ！　あん……！」

「気持ちい？」

止めどない快感で声が出せず、うんうんと何度も頷いた。

ぷくりと膨らんだ乳首を口に含まれ、飴玉《あめだま》のようにしゃぶられる。反対側の乳首は指で弄られ、ピン、と弾かれたり二本の指できゅっと摘まれたりを繰り返す。

「ん……っ！　あ、や……‼」

甘い痺れに翻弄され、呼吸もままならない。ハアハアと呼吸を荒げていると、凪君の手が私の股間に移動し、パンツのウエストに差し込まれた。

「萌乃……」

明らかにさっきより呼吸が荒くなっている。興奮しているであろう凪君が、直接ショーツの中に手を入れた。長い指が蜜口に差し込まれると、「あっ」と声が出てしまった。

「や……待って、こんなところで……それに、明かりが……」

ここは照明の真下。ここでこのまま……と想像するだけで。恥ずかしくていたたまれない。

彼の動きを手で制したら、悲しそうな顔をされ、胸が痛くなった。

こういう顔をされると弱い。

「ダメ？　じゃあ、ベッドに移動すればいい？」

「う……………うん……」

「わかった」

急に凪君が上体を起こした。と思ったら、横から私の膝下に手を入れ、立ち上がると同時に私のことも持ち上げてしまう。

「えっ⁉　ええっ‼」

二十八歳にして、男性にお姫様抱っこをされたのは初めての経験だった。彼は狼狽える私に構わず無言のまま、部屋の片隅にあったベッドに私を下ろした。

「……で、あとは照明を消せばいいんだっけ？」

ベッドの脇にあったリモコンを発見した凪君が、素早く照明を消した。でも、全部じゃない。うっすら部屋を照らすライトだけは残した。

「なんでちょっとだけ残すの……」

「えー？　だって、萌乃さんをじっくり見たいし」

話しながら、彼が上半身に身に付けていたものを一気に脱ぎ捨てた。ベルトを外し、上半身は裸、腰から下はスラックスという格好になる。

「萌乃さんも脱いで」

言われるままに、ブラジャーを含めた部屋着を脱ぎ捨てた。上半身は裸、下もジャージを脱ぎショーツだけになった。

上体を寝かせて私との距離をなくした凪君は、キスをしながら胸を愛撫したり、ショーツの中に手を入れ、繁みの奥を優しく撫でてくる。

「あっ……！」

繁みの奥にある蕾を指の腹でくりっと弄られた。鋭い電流のような快感に、たまらず声を上げてしまう。

「ここ、いいの？　じゃあもっと弄ってあげる」

チュッ、と音を立て吸っていた乳首から離れ、彼が私の腰の辺りに移動した。

指で襞《ひだ》を広げ、その奥にある蕾を愛撫。それも、指で潰すように強めに撫でたり、軽く弾かれたりと執拗な愛撫が続く。

「ぁ……いや、待って、待って……んっ、それ、だめ……！」

「だめってどれのこと？　もっとやってほしいってことかな」

なんだか凪君のキャラが変わっている気がする。今日の凪君は、意地悪だ。

「ち、違……あっ‼」

指での愛撫かと思ったら、今度は舌を使った愛撫になった。ざらっとした舌が触れるたびに、腰が跳ねるほどの痺れが私に襲いかかってくる。

「あ、ぁ……ン……っ、やっ……」

「萌乃さんの声可愛い。ずっと聞いていたいな」

声と言われて思い出した。うちの壁は、あんまり厚くない。

――やばい。お隣さんに聞こえちゃう！

慌てて手で口を覆った。その動作だけで、凪君に私が何を考えているのかがバレた。

「……あ、壁、薄いとか？　隣に聞こえるの気にしてる？」

頷くと、凪君がにこっと笑う。

「じゃあ……大きな声が出ないよう、我慢してね？」

てことは愛撫を抑えめにしてくれるのだろうか。と思っていた私だったが、違った。

凪君は抑えるどころか、もっとねちっこい愛撫をしてきた。

「ン～～～っ‼　や、やだ、凪君っ……‼　あ、そこ、だめっ……！」

蕾を舌で愛撫しつつ、蜜口に指を入れられ中をかき混ぜられる。愛撫によって溢《あふ》れ出《で》る蜜を指に纏《まと》わせ、一本だった指は二本に増え、私の中を蠢《うごめ》いている。

「萌乃さん、すごい。溢れてきてる」

蜜口の辺りを覗き込みながら、しみじみ言われる。

「だめ、だめ、いっちゃうから………あ……シン――――っ‼」

極力声は抑えたつもりだけど、達するのは抑えられなかった。彼の指と舌であっという間にイかされてしまい、ぐったりとベッドに脱力した。

「萌乃さん、大丈夫？」

「だ……大丈夫じゃな……さっき体の心配をしてくれたのは、どこの誰ですか……」

私の横で凪君がしまった、という顔をする。

「ごめん。……俺、萌乃さん相手だと抑えがきかなくて……つい。でも」

何気なく凪君に視線を送ると、彼の手が股間にある自身の屹立に触れていることに気付く。その屹立は大きく反り返り、下腹部に触れてしまいそうなほどだった。

「俺ももう限界。……いい？」

「……ん」

きて、という意味で膝を立てた脚を広げた。スラックスのポケットから避妊具を出し、それを手際よく装着してすぐ私の所に戻ってきた。

「……避妊具、持ってきてたの？」

うん、と返事しながら凪君がクスッと笑う。

「もしもの時にないと困るし」

ゆっくりと私の中に彼が入ってくる。愛撫ですっかり準備が整っていた私の体は、なんの引っかかりもなく彼を受け入れた。

「あっ……、ン……‼」

隘路《あいろ》を埋め尽くす彼の存在感にまた驚いてしまう。

こんなに熱くて、固くて、大きな彼の存在を。

奥まで到達すると、彼はしばらく腰を動かさず、私の首筋に舌を這わせ、吸い上げたり頬や唇にチュッと短いキスを繰り返した。その行動だけで、自分がどれだけこの人に愛されているかがわかる。

幸せな気分に浸りかけたときだった。止まっていた彼の腰がグラインドし、私を突き動かすように抽送を始めた。

「あっ‼」

「驚かせちゃった？」

私の額にかかる髪を指でどけながら、凪君が微笑む。

「我慢しようと思ったんだけど、萌乃さんの顔見たらだめだった」

その顔が可愛くてキュンとする。

「うん、気持ちよくして……」

彼の顔を両手で挟み、自分からチュッとキスをした。その途端、凪君の顔がカーッと赤らんでいった。

照れたのかな、と思っていたら、いきなり強く抱きしめられた。

「好き」

「うん。私も好き」

そこからの彼はとても精力的だった。激しく腰を打ち付け私を翻弄し、互いに果てたかと思いきや、また復活して私を抱く。

それを何度か繰り返しているうちに、コトは深夜にまで及んでしまった。

――明日、休みでよかった……

彼を抱きしめながら、つくづくこう思った私なのだった。

第五章　仕事か、恋愛か

　デートの時に借りたアクセサリーを返すべく、冴と食事に行く約束をした。

　前回はイタリアンだったので、今回は彼女の職場に近いビルにあるしゃぶしゃぶのお店を選んだ。

　そこは女性に人気のある店で、店自体も女性客を意識してか、ウッディで温かみのある空間だった。ほとんどの客席は間仕切りで仕切られていて、他の客の目を気にすることなくお料理とお喋りを楽しむことができる。女性にはもってこいの場所である。

　仕事が終わる時間は冴より私の方が早い。なので、彼女の職場近くにあるビルをうろうろしたりして時間を潰し、しゃぶしゃぶの店に入った。

　冴の会社は以前なら深夜まで残業もザラだったそうだが、最近は残業規制がかかっているそうで、以前に比べたら早い時間に会えることが増えた。こうやって世の中が良い方向に変わっていくのはとても素晴らしいことだ。

　メニューを見たり、スマホでニュースをチェックしたりして待つこと二十分ほど。またしても手に紙袋を提げた冴がやってきた。

「ごめん、お待たせ‼」

息を切らせた冴は、この前と違いパンツスタイル。細身の彼女にぴったりのスキニーパンツと、トップスは膝上までの長さのシャツ。全く趣向が違い、今日の彼女はボーイッシュ。でもやっぱりよく似合ってる。

「お疲れ〜。そんなに急がなくてもよかったのに」

「そういうわけにはいかないよ。しゃぶしゃぶの店で一人寂しく待っている萌乃を想像したら、絵面があまりにも不憫すぎて走らずにはいられなかった」

「絵面、想像してくれたんだ」

クスクス笑いながら、目の前に滑り込んだ冴に紙袋を渡す。

「この前借りたアクセサリーです、ありがとね。服もだけど、すごく助かった〜。それとお礼と言うには安いけど、うちのパンセットです」

冴は朝は食パンで、いつも大量購入して冷凍して、食べる分だけ解凍する、という話をしていたのをちゃんと覚えていた。

袋の中に入っているパンを見て、冴が「うわ〜‼」と声を上げた。

「やった、萌乃のとこの食パン好きよ‼　よく私が角食派だって覚えてたね？」

「もちろんよ。もっちりを連呼してたのよーく覚えてます」

食パンには角食と山食があるが、角食の場合は焼く時に蓋をして焼くため、水分の蒸発が少なくなりもっちりとした食感になる。一方山食は生地を入れたケースに蓋をしないで焼くため、生地が膨らみふんわりし、焼くとサクッとした食感になるのである。

この辺は好みの問題だが、どっちかといえば私は彼女と同じ角食派である。

「これだけあれば当分パンを買いに行かなくて済むわ。ありがとね」

「いやいや、それを言うなら私こそ。服、すごく助かったよ。相手、お洒落だったから、自分のセンスでは厳しかった」

心からの感謝を冴に伝えた。彼女はそう？　と微笑みつつ、小さく首を傾げる。

「別に萌乃、センス悪くないよ？　今日だって落ち着いた格好して、綺麗なお姉さんて感じだし」

「そうかなあ……ありがと。冴にそう言ってもらえるのは嬉しいよ」

話し込む前に料理を決め、店員さんを呼ぶ。黒毛和牛と野菜のコースを注文し、ドリンクは飲み放題にした。まずは二人ともビールで乾杯。

「で、どうだった？　デートはうまくいった？」

うずうずした様子で軽く身を乗り出す冴に、頷いてみせる。

「うん、おかげさまで。ちゃんと付き合うことになったよ」

「そっか！　よかったね。萌乃に彼氏ができるのなんて何年ぶりか……」

まるでお母さんのようにしみじみする彼女に、笑いがこみ上げてくる。

「そうね。冴はずっと私のこと心配してくれてたもんね」

「一緒にいたら相手が年下だとか、そんなことどうでもよくなったでしょ？」

「まあ、それはそうなんだけど……」

年下という単語が出たことで、頭の中に泉さんが浮かんできた。

「ん？　なんかあったの？」

言葉尻を濁す私に冴が気付く。

あの人とのことを冴に話すかどうか、一瞬躊躇《ちゅうちょ》した。でも、隠すようなことでもないし、話しても問題はないだろう。

「それがね〜、店に彼の職場のバイトさんが来てさ……」

彼のことが好きな大学生に敵意をぶつけられた……と、あの日起きたことをざっくりと冴に説明した。

白菜やキャベツなどの野菜をしゃぶしゃぶしながら、冴が顔を小さく歪めた。

「うわ。なにその若い自分の方が勝ってるみたいな……。そもそもさあ、その社長も若いのがよければ、最初っから萌乃に声かけたりしないよね。身近に若い人がいるんだしさ」

「その辺はよくわかんないけど。でも、あんなに真っ直ぐ感情をぶつけられるとちょっとね……なんか、こっちが悪いことしてるみたいな気になっちゃうじゃない」

「そんなの気にしすぎ。いいんだって、萌乃は気にしなくて。せっかく彼氏ができたんだから、普通に楽しめばいいのよ」

冴に言われると、本当に悩んでいるのが馬鹿らしいと思えてくる。

——そうだよね、気にする必要なんかないよね。凪君にも話したし、きっと泉さんもそのうちわかってくれる……はず。

「わかった。気にするのやめる。……で、冴は？　最近どうなの？」

しゃぶしゃぶした野菜を美味しそうに食べながら、冴が顔を上げた。

「どうって、恋愛？　それとも仕事？」

「せっかくだから恋愛が聞きたいな。もう付き合って長いんだよね？　今の彼」

そうねえ……と言いながら冴が指折り数えている。冴の恋人は同じ会社の同期で、新卒で入社後、わりとすぐ交際に発展したと聞いている。

「もうじき六年か……。思ってたより長く付き合ってるね」

「そろそろ結婚の話題が出たりしないの？」

付き合って一年未満とかならともかく、六年も付き合ってたら一度くらいそういう話が出てもおかしくないと思うのだが。

でも、冴の表情が曇ったので、この件に関してはなにかありそうだ。

「実は、何回か出てるの。最初は付き合って三年くらい経った頃かなあ、当時二十五だから、萌乃の彼と同じ年齢のときね」

「え、そうだったの？　あのとき、そんなことひとことも言ってなかったよね」

初耳で驚く私に、冴が頷く。

「萌乃、前の彼と別れたあとだったし、本決まりになるまでは言わないようにしてたの。でも、結局お互い仕事の方が楽しくて、今はいいかってなっちゃった。そしたら、数年後にどっちかが部署異動したりで結婚どころじゃなくなって、今に至るという」

「あー、そういえば冴、部署異動したとき、仕事に慣れるまで大変だって愚痴ってたもんね」

黒毛和牛を熱々の出汁《だし》にくぐらせ口に運んだ。濃いめのお出汁が肉によく絡み、尚且つ適度に脂ののった肉が美味しい。

――美味しい……!!　お肉、最高……！

お肉を堪能していたら、目の前の冴が大きくため息をついた。

「どしたの」

「いや、実はさ……最近知らされたんだけど、彼が今の仕事辞《や》めて実家がある地元に帰りたいって言い出したんだよね」

「えっ……じ、実家って、どこなの」

「熊本」

予期せぬ事態に言葉を失う。

手元の肉を見たまま黙る私に気付いた冴が、慌てて早口で説明してくれた。

「あっ‼　ご、ごめん‼　心配かけたくないから言わないでおこうかなって思ったんだけど、やっぱだめね。人に聞いてもらわないとモヤモヤが増すばかりでさ……」

「で、ど、どうすんの？　ついてくの？」

「いやあ……」

といったきり、冴が苦笑する。

「なんていうか、これが付き合って三年目に結婚話が出たときなら、迷わず付いていくって決めたと思うの。でも、今の私って職場でも中堅になってきて、そう簡単に今のポジションを人に渡したくないって思っちゃっててね……」

ビールを飲み、彼女がまたため息をつく。

「多分、彼が実家に帰るのを機に別れると思う」

なんとなくそういう答えを出すような気はしたけれど、はっきり彼女の口から別れという単語を聞いてしまうと、予想外に衝撃的だった。

「……そうなの？　……冴、それでいいの……？」

「そりゃ、本音を言えばよくはないよ。でも、私は熊本へは行けない。それだけはもう揺るがないから。そうなると向こうが熊本行きをやめない限り、このまま付き合うっていう選択肢はないのよ」

　黒毛和牛のお肉をしゃぶしゃぶしながら、冴が淡々と話す。この口ぶりだと、もう彼女の中では決定事項のようだ。

「向こうはなんて言ってるの？」

「んー……ちょっと落ち込んでた。ついて来てくれると思ってたんだろうね。でも、今の会社って向こうに支社とかないし。かといってうちのブランドのショップ店員になるのもねえ……やってきたことが全然違うからさ」

　仕事と恋愛。どっちを取るかは難しい選択だとよく聞く。

　思わず私までため息が出てしまう。

「難しいねえ……こういう問題」

「男性だとよく仕事を取ったりするじゃない？　彼女との約束を反故《ほご》にして、仕事を取ったりとかさ。私は、どっちかというとそれは賛成なの。記念日とか誕生日に仕事をなげうって祝うとか、正直どうでもいいって思ってるからさ。相手も私のそういうところ見てるからわかってくれてると思ったんだけどねえ……」

　冴の気持ちはもう固まっているので、相手がどうするか今選択を迫られているところだ、と彼女は笑う。

「でもさ、別れたあとで絶対後悔しないって、言える？」

ダメ押しで訊ねてみる。

「そんなの別れてみないとわかんない。でも、熊本に行ってる自分が想像できないから、もうどうしようもないと思ってるよ」

こうやって見てると、冴は強いし、自分をしっかり持ってるなあと思う。

そして私が思うのは、もし私が冴の立場だったとしたら、どっちを取っているかということ。

付き合いはじめたばかりだけど、凪君のことは大切だし、ずっと一緒にいたいと思ってる。でももし、凪君が遠くに行ってしまうことになったり、私が遠くに行くことになったら、自分はそのときどういう決断を下すのだろう。

友人の身に起きたことだけど、なんだか他人事だと思えなくて、結局この日は寝付くまでずっとこのことを考えていたのだった。


冴と会った日の翌日。

仕事を終えてから凪君の家にパンを届けに行ったついでに彼の家に招かれ、一緒に夕飯を食べることになった。夕飯は、知り合いが届けてくれたというピザだ。

ピザはマルゲリータとアンチョビトマト。どっちも好きなピザなので、誘われた私は二つ返事で彼の誘いを受けた。しかもこのピザが近所で美味しいと評判のイタリアンでテイクアウトしたものだと聞いたので、尚更断る選択肢はなかった。

オーブントースターで軽く温め直してから、ダイニングテーブルの上にピザを広げた。ペットボトルからウーロン茶をコップに注ぎ、食事の準備は完了。

いただきますと手を合わせてピザを手に取った。

「恋愛と仕事、どっちを取るか？　なかなか難しい問題だね」

「そう、難しいでしょ。これさ、凪君が冴の立場だったらどうした？」

アンチョビトマトのピザを三本の指で持ち、咀嚼しながら彼が空を見つめる。

「そうだなー。できるだけ両方手に入れられるように頑張るかな」

意外な答えが返ってきて、ガクッと肩の力が抜ける。

「いやまあ、そりゃ両方手に入れば問題ないんだけど。どうしてもどっちかは諦めないといけないってなったら、どうする？　っていう……」

「だったら恋愛かな。仕事は、また新しく始めてもいいしね。でも、好きな人は逃したら、もう同じ人には巡り合わないでしょ？　だったら俺は逃したくない」

なんとも凪君らしい返事に感服する。

――新しく始めても……だなんて。普通は始めることができないのに……

さすが凪君。というか、彼にこの類いの質問は愚問だったか。

「それで、萌乃さんはどっち取るの？」

「ええ、私？　……どうだろ……これまでは一人だったから、多分迷いなく仕事を選んでたかな」

マルゲリータを食べながら答える。ピザはさすが、人気店だけあって間違いない美味しさ。なんてったって生地が美味しい。

「でも、今は俺がいるでしょう？　俺と仕事をどちらか選べって言われたら、萌乃さんはどうするのか興味あるな」

「……難しいね。でも、私もどっちも欲しい。今の仕事だって好きだからやめたくないし、凪君のことも諦めたくない」

諦めたくない、の所で凪君がこっちを見た。

「うん。諦めないでください」

そして笑顔。

この流れに胸がきゅうっと締めつけられる。

「でも、ぶっちゃけ凪君って、私がいなくてもすぐ次見つかるんじゃない？　っていう疑問が……」

「ひどいな、そんなことないです。……俺、意外とストライクゾーン狭くて。ただ綺麗な人とか、可愛いだけの人に惚れるとかってほぼないんで。やっぱり人間、中身が大事ですから」

「……そうなの？　なんか、意外……」

「恋愛経験多そうってよく言われるけど、実際そんなことないんです。学生時代にちょろっとあったくらいで、仕事するようになってからは恋愛なんかする気も起きず、仕事ばかりだったし。だから、萌乃さんに惚れたのは、ある意味自分でも想定外だったというか」

「想定外なの？　私？」

さすがに想定外と言われると少々ショックである。

目を丸くする私に誤解されまいと、凪君が違うんです、と慌てた。

「悪い意味じゃないですよ。そうじゃなくて……朝すれ違って挨拶を交わしてただけなのに、いつの間にか萌乃さんに興味を抱くようになってたっていうことが自分でも意外だった、ってこと。だって、おはようございます。しか会話交わしてないんだから」

「確かに。私も最初聞いたときは驚いたけどね」

「でも、顔はタイプでした。最初見たとき、好きな顔だってすぐ思ったんで。それで、パンもらったりパン買いに行ったりでどんどん惚れちゃいました」

改めて面と向かって言われると……照れる。

話を変えようと、敢えて泉さんのことを出すことにした。

「それよりも、泉さん、あれからどう……？」

もっと驚くかなと思っていたけれど、多分、凪君もこの件について話すつもりでいたのだろう。すぐに表情が引き締まった。

「その節は本当に申し訳なかったです。泉には、俺の方からきちんと話しました。その際、向こうが改めて俺のことが好きだと言ってきたけれど、思いに応《こた》えることはできない、とちゃんと伝えたんで。泣きそうな顔はしてたけど、俺の気持ちは伝わったと思います」

「そ……そう……」

泣きそうな顔、とか言われちゃうとどうも弱い。でも、これぱかりはどうしようもない。

「気持ちを伝えた上で、まだバイトは続けたいというのでそれは許可しました。でも、彼女と二人きりになったりはしません。仕事上、彼女には俺ではない別の者が指導に当たってますし、俺との接触はほぼないに等しいです。これで萌乃さんが安心できるかどうかは、正直難しいかなと思うんですが……でも、俺の気持ちは変わらないし、彼女のことはなんとも思ってないんで」

「ええっ、そんな、じゅうぶんです！　私は気にしないから……」

私の反応に、凪君がクスッとする。

「本音を言えば、気にしてほしいとこではあるんだけど。でも、泉のことを気にかけてくれる萌乃さんの優しいところも好きなんで、難しいな」

「ありがと……」

と言いつつも。

実は心の中では、できれば泉さんにはもう会いたくないな……と思っていた。

これ以上私に真っ直ぐぶつかってきてほしくない。だからこそ、彼女の動向が気になるのだ。

やっぱり憎しみや妬みをぶつけられるのは、気持ちの良いものではないから。


それから数日後。

いつもなら朝の七時前にはとっくに家を出ているというのに、今日私が家を出たのは朝の八時。

というのも、今日は普段の業務とは違い、勤務先の本部が入っているビルに向かっているからだ。

勤務先である店舗から電車で三十分ほどの場所にある本部は、一号店の二階と三階にあり、ここの一号店からうちの店は大きく成長していったのである。

創業者のご夫婦はもう引退され会長となり、今会社を取り仕切っているのは、二代目の社長ご夫婦である。

普段店舗業務をしている私がなぜ、今日は本部に用事があるのかというと、おそらく人事の関係で呼ばれた可能性が高い。

うちの会社は年に二回、春と秋に人事異動を発表する。移動するのは社員だけで、パートさんは移動ナシ。

そもそも私もこの会社に就職してから、何回か店舗移動があり今の店舗は三つ目。でも、今の店舗が一番居心地がいいので、できることなら長く今の場所にとどまりたい。

――一応私の希望は伝えてみるけど、受け入れてくれるかどうかはわかんないしなあ。

本部が入るビルに到着し、店舗の横にあるエントランスから二階に移動する。入ってすぐ、何度か顔を合わせたことのある事務員さんに挨拶をしてから、個別のブースに通された。

人事の責任者は別にいるけれど、今日私を呼んだのはこの会社の常務取締役。常務は、社長ご夫婦の息子さんだ。

出されたお茶を一口飲んで、常務を待つ。するとフロアの奥にある扉が開き、そこから常務がこちらに向かって歩いてくるのが見えた。

常務は四十代の男性だ。既婚で、子どもは中学生くらいだと聞いた。凪君のようにイケメンではないけれど、優しくて社員からの信頼も厚い。

「武林さん、お待たせ。わざわざ来てもらって申し訳ないね」

「お疲れ様です。いえ、とんでもないです」

私の前に座った常務が、湯呑《ゆの》みに入ったお茶を一口飲んだ。

「今の店舗は順調？」

「はい。売り上げもいいですし、パートさんも皆さん優秀で、かなりの戦力になってくれています」

「うん、あそこ売り上げ常にいいよね。この前、営業部とあそこもう少しフロアを広げて、イートイン作れないかなって話し合ってたんだよ。朝の売り上げがいいから、店でモーニングを食べてそのまま出勤、ていうお客様に需要があるんじゃないかって」

なんと。素晴らしい案である。

「需要あると思います。メニューを絞れば提供時間も短くできますし……」

「そうだね。じゃ、その件に関しては引き続き検討します」

でね？　と常務が顔を上げ、私を見る。

「えーっと、この時期にここへ呼ばれたということはどういうことか、きっと武林さんは気付いていると思うけど」

「……はい、まあ……なんとなくですけど……」

「異動の件で少々、相談したくてね。もちろんまだ決定じゃないし、武林さんが難色を示したら別の社員に打診することもできるんで、あくまでこういう話があるんだ、程度に聞いてもらいたい」

――なんだろ……だんだん怖くなってきた……。だって、近場の店舗に異動だったら、きっとこんな前振りないもんね……

一体どこへ行けと言われるのか。ドキドキしながら話の続きを待つ。

「……うちの会長が元々北陸の出身だったのは聞いた事があるかな」

「あ、はい……上京してからご結婚を機にパン屋を始めたのが今の一号店ですよね」

常務が頷く。

それと同時に。もう頭の中に北陸という単語がぐるぐるしてる。十中八九、間違いない。

「そう。で、会長はずっと、いつかふるさとに直営店を出したいという目標を持っていたんです。会長が経営に携わっていたときは実現できなかったけれど、今回、ちょうど北陸のターミナル駅を改築するにあたり、駅と直結した駅ビルも増床することになったんです。その駅ビルのテナントとして、うちが誘致されたんだ」

「それは、おめでとうございます」

「ありがとう。会長も喜んでるんだ。だいぶ高齢だけど、夢が実現できたってね。それで、その北陸の店の店長として、武林さんに行ってもらいたいと思ってる」

「店長ですか」

「そう。もううちに入って数年経過しているし、仕事ぶりもいい。申し分ないと周囲も賛同してる。どうだろう、ぜひお願いしたいんだけど……」

——北陸……

新幹線で少なくとも二時間はかかる。そんな場所に通うのはまず無理だ。

「あの、その北陸の店のオープンはいつですか？」

「まだテナント契約を交わしただけなんで、工事はこれからなんだ。新しい駅舎と同時なので、三ヶ月後かな」

「期間は決まっていますか」

「いや、決まってない。最低でも店が軌道に乗るまではいてもらうことになる。向こうで優秀な人が見つかって、その人に店を頼むことができれば……って感じかな」

「そうですか……」

とりあえずずっととか、年単位で行くことを求められていないのがわかっただけで、少しホッとした。

「俺としては向こうが軌道に乗り次第、武林さんにはこっちに戻って来てもらいたいんだ。武林さんは確か地元がこっちだったよね。だから、こっちの方がいいと思って」

「そうですね。できれば地元に近い方がありがたいです。一人っ子なので、両親のことも気がかりですし」

そう、私は一人っ子。実家はここから電車で一時間くらいの場所にある。

大学に入って以来親元を離れて暮らしているが、親になにかあったとき、すぐに飛んでいける距離は死守したい。それは、ずっと心に決めていることだ。

これに対し、常務が難しい表情になる。

「そうだよなあ……俺も高齢の親がいるから、気持ちはよくわかる。でも、やっぱり新店は武林さんみたいな人に任せたいんだよなあ……ほら、武林さん、パートさんからの評判がいいからさ。教え方も丁寧で、人をまとめるのが上手いし。せっかく人が集まっても、まとめる人間に人望がないとすぐ辞めちゃうでしょう。それは避けたいし」

「なるほど……」

思い当たることがありすぎて、何度も頷いてしまった。

常務の言うとおり、上に立つ人って本当に大事だと思う。私がこの会社に入ってすぐ配属された店は、店長の下でチーフをしていた社員の女性がものすごく高慢だった。

そのお陰で人手が足りない中、やっと入ってくれた主婦パートさんがたった三日で辞めてしまったり、バイトの学生さんが勤務途中なのに怒って帰ってしまったこともあった。

『次にやることをいちいち言わないとわからないの？　自分で考えて』

私がレジに入っているとき、後ろでチーフがバイトさんにこう言い放ったときは、さすがに震え上がった。

――自分で考えてって、このバイトさんまだ二日目なんですけど……!!

いくらなんでもひどい、言い方ってもんがあるでしょ。とは思ったけれど、その女性からすると私は後輩で、あまり強くもの申せない。でも、明らかにきつい言動ばかりが目に付くので、それからしばらくして店長と話し合い、上に報告することにした。

結果的にそのチーフは本部の人に言動を咎《とが》められたことに逆ギレして、辞めてしまった。彼女が誰にも挨拶せずに辞めてしまったことは少々モヤったけれど、彼女がいなくなったことにより店の雰囲気が格段に良くなった。

こういったことを経験しているからこそ、常務の気持ちがすごくわかる。

でも北陸。されど北陸。

「……っ、も、もう少し考えさせてもらってもいいですか……」

今答えを出すのは厳しすぎる。せめて、身近な人に相談する時間がほしい。

家族や、凪君に。

「じゃあ、来週末までに返事もらえるかな。難しいようであればすぐ言ってくれ、すぐ別の社員に打診するんで」

「はい、わかりました」

常務との面談を終え、本部を出た私は、一階に下りる階段の脇でため息をつく。

「どうしようかな……」

今、勤務している店舗での私の役職は、チーフ。北陸の新店に店長として着任するとなると栄転だ。

普段の頑張りが評価されるのはとても有難いことだし、私も嬉しい。ますます今の仕事を頑張りたいと意欲が漲ってくる。

それに、北陸という場所にも興味はある。海鮮が美味しいとよく聞くし、未知の場所に住むというだけでわくわくする。

でも、そこに凪君はいない。

彼と長い間離れていられるのか……。きっと、私は我慢できる。でも、凪君はどうだろう。彼の周りには常に女性がいるし、彼を想う女性もいる。そんな状況で側にいない私のことを好きでい続けることが果たして可能なのか。

——これぱっかりは、わかんないなあ……

一人であれこれ考えていても埒《らち》が明かない。今夜にでも彼に相談しなくては。

とりあえず答えを出すのはそれ次第と決め、私は勤務先に向かって歩き出したのだった。


仕事を終え、マンションに戻る帰り道。歩きながら、凪君に今晩会えないかメッセージを送ってみた。それに対する返事はすぐに返ってきた。

【大丈夫だよ。まだ仕事が終わる時間がわからないから、事務所に来てもらってもいいかな。鍵渡すから、うちで待ってて】

「鍵……」

家の鍵を渡すという、相手を信頼していないとできない行為にドキッとした。こんなに私のことを信じてくれている凪君と離れるのは、やっぱりいやだな。

私の中で、北陸行きの可能性がグッと低くなった。

それでも、このチャンスを逃したくないという気持ちはまだ残っている。どうしたらいいのかな……と思いながら歩いているうちに、凪君の自宅兼事務所に到着してしまった。

今の時刻は夕方の四時半過ぎ。私の終業時刻が早いだけで、まだこの事務所にいる人達は普通に働いている。

そんな状況で私が顔を出してもいいものかどうか、階段の手前で悩んでしまう。

──この前の泉さんのように、私が凪君の恋人だという事実を受け止められない人に、厳しい視線を向けられたら……

そのことを考えると、自然に足が止まる。このまま凪君に会わずに帰ろうかとも考えたけれど、異動の件はどうしても相談しなくてはいけない。

──う～～ん……凪君の家で待つのはやめて、別の場所に行くか……ていうか、私のマンションに帰ればいいのか。そうだ、なーんだ。

ストンと腑に落ち、マンションの方向に体を向けたときだった。事務所のドアが開く音がして、反射的にそっちを見る。その瞬間、出てきた女性に釘付《くぎづ》けになった。

事務所から出てきた女性も私を見たまま固まっている。それもそのはず、女性は、泉さんだったからだ。

「あ……」

咄嗟に頭に浮かんだのは「気まずい」だった。

この前あんなことがあったのに、またこの人に会ってしまうなんて。ある意味縁があるとしか思えなかった。

「こんにちは……」

無言でいるのもおかしいので、私から声をかけた。それに反応するように、泉さんも目を伏せて静かに「こんにちは」と返してくれた。

さすがにこれだけで会話を終わりにするのも変なので、必死で当たり障りない言葉を考えた。

「お仕事、今終わりなんですか?」

泉さんが階段を下りてきて、私のすぐ横に立った。

「いえ、近くのコンビニに買い出しに行くところなんです。夕方の休憩時間に甘い物が食べたいって皆さん話してて……」

なるほど。それでアルバイトの泉さんが買い物に行くところか。

「そうでしたか。……じゃ、私はこれで」

買い物の邪魔をしちゃいけないと思ったので、若干不自然かもしれないけれど話を切り上げた。会釈して、彼女から目を逸らし歩き出そうとした。

でもなぜか、「待ってください」と呼び止められてしまった。

「……なんですか？」

肩越しに彼女を振り返った。

この前あからさまな敵意を向けてきた泉さんが、私を呼び止めたのは意外だった。

「あの、この前のこと……すみませんでした」

いきなり頭を下げてきた泉さんに驚き、体をそちらに向けた。

「え……、どうしたんですか、一体……」

「それは……すごく失礼なことをしてしまったって、反省したんです……。岐部さんにも注意されましたし」

「な……、岐部さんにも……？」

——やばっ。凪君って言いそうになっちゃったわ……

聞き返すと、泉さんが力なく頷いた。

「取り置きしたパンを買ってくるだけのミッションだったのに、どうしてそこに店員さんである自分の彼女を傷つけるというオプションまでつけてしまったのか、と……。しかも、代金払い忘れてミッションすら達成できてない。こんな簡単なことができないようじゃ困りますって……」

言い終えた途端、ますます彼女が落ち込んだように頭を垂れる。

「いやいや、そんなに落ち込まなくても。岐部さんだって、そんなに強い口調で怒ったわけじゃないでしょう?」

「……そうですけど、岐部さんは普段、ほとんど怒らないんです。怖い顔も見たことがないです。仕事で失敗した人がいても、いつも明るく「落ち込むなよ」って励ましてくれるような人なんです。そんな岐部さんが、はっきり私にこのままじゃ困る、って言ったんです。私、すごく岐部さんを困らせたんだって……なにをしてるんだろうって、すごく落ち込みましたし、自分がいやになりました」

――そうなんだ、凪君、怒ってくれたんだ……

普段怒らない人が怒るってすごく威力がある。それは、普段から機嫌が悪くて、周囲に怒鳴り散らすような人が怒るのとは比べものにならない。

「いくら岐部さんのことが好きだからって、彼女さんに当たるのは間違いでした。申し訳ありませんでした……」

再び深々と頭を下げる泉さんに、こっちが戸惑ってしまう。

「いやあの……頭を上げてください。私はもう気にしてませんから」

「……でも、あのときはすごく困ったような顔をされてましたし……」

「そりゃ、言われたときは驚きましたよ。でも、岐部さんは素敵な方ですから。女性にモテるのは想定内なので、ある意味納得といいますか……」

私の言葉に、泉さんが驚く。

「想定内だったんですか？　私みたいな短絡的な行動が？」

彼女が思ってるのとはなにかが違う。直感でそう感じたので、慌てて否定する。

「いえいえ、もちろんあなたの行動は想定してませんでしたけど。そういう意味じゃなくて……彼に恋人がいると知って、私の存在に納得いかない人はいるだろうなと」

正直な気持ちを吐露したら、泉さんが目をパチパチしている。

「えっ……そんなことまで考えますか？　あんな素敵な人とお付き合いできたんですよ？　無敵モードになりません？」

――無敵……考え方が違い過ぎる……

「ならないならない。ただでさえ彼より年上で、私なんかでいいのかなっていう気持ちが強かったんで。むしろ、私みたいなのが彼とお付き合いできてるのは、奇跡だくらいに思っておかないと」

「すごいです……なんか、私とは考え方が全然違います……」

泉さんがはあ、と項垂れた。

「きっとそこなんですよね。だから岐部さんは私じゃなくて、あなたみたいな女性を選んだんですよね……」

項垂《うなだ》れすぎて、泉さんの後頭部しか見えない。

――いやあの……そんなに落ち込まないで……

どうしよう。と周囲を見回していたときだった。事務所のドアが再び開き、今度はそこから凪君が顔を出した。

今日の凪君は、長袖の白シャツに黒いアンクルパンツというラフな姿だった。

スーツのときはピシッとして年齢よりは上に見えるけれど、こうしてラフな格好をしているとやっぱり若い。でも、そのラフさ加減が絶妙にかっこいい。

――こんなにかっこいいとそりゃ、泉さんじゃなくたって惚れちゃうよね……

彼を見てしみじみそう思った。

階段の下を見て私がいることに気がつくと、凪君の顔がみるみる笑顔になっていく。

「萌乃さん⁉　なんだ、そこにいたの？　そろそろ来るかなと思って待ってたけど、来ないから……」

言いながら、凪君が私の前にいる泉さんに気付く。その瞬間、いろいろ悟ったようだ。

「あー……。……泉さん。買い物……」

凪君に指摘され、泉さんがぶわっと勢いよく頭を上げた。

「あっ⁉　そうでした‼　す、すみません。すぐ行ってきます‼」

泉さんが私に会釈してから、コンビニのある方向へ駆け出した。

彼女を目で追っていると、凪君が階段を下り、私の隣にやってきた。

「……泉になにか言われた……？」

神妙な凪君に、小さく頭を振った。

「言われてないよ、むしろ逆。謝られちゃった。凪君、彼女を注意してくれたんだね」

「そりゃ、するでしょ。当たり前のことをしただけだよ」

凪君は特に表情を変えない。

「でも、そのお陰で彼女、私に謝ってくれたから。ありがとね」

「というか、できれば俺に言われる前に、自分から萌乃さんに謝ってほしかったけどね。そういうの、自分で気付かないとだめでしょ」

「そうかもしれないけど、まだ彼女若いから。ちゃんと謝ってくれただけでもいいじゃない。大目に見てあげてよ」

凪君がムッとしてから、観念したようにため息をついた。

「わかりました。でも、またなんか言ってきたら今度は許さないから」

少々機嫌悪そうな凪君だが、泉さんがさっき言ってたことは本当だろうか。

「……泉さんが、凪君は普段怒らないって言ってたけど、そうなの？」

「ん？　……まあ。怒ったって周りが萎縮するだけだからね。なるべく怒らず、やんわりと相手を説得、もしくは注意するのが俺に課せられた任務みたいに思ってる」

「へえ……すごいね」

自分にできるかと考えたら、完全に怒りを収めて……ってのはなかなか難しいと思う。

「でも、俺が若いからって舐めたこと言ってくる人には容赦しないよ。ビジネスに年齢は関係ないんだから」

「そりゃそうだ。さすがだね」

褒めたら、やっと凪君の顔が緩んだ。

「それより、仕事帰りで疲れてるのに、来てもらってごめん。あと一時間くらいで終わると思うから、ゆっくりしてて。冷蔵庫にあるものも勝手に食べたり飲んだりしてくれていいから」

「えっ……あ、ありがとう……」

私の手を取り鍵を握らせると、凪君は事務所に戻っていった。

——じゃあ、遠慮なくお邪魔します……

早速預かった鍵を使い、彼の家の鍵を開けた。家主がいないとめちゃくちゃ緊張するけれど、そーっとドアを開け、中に入った。

「おじゃまします……」

彼の部屋に上がり、まっすぐリビングに向かった。相変わらず片付いているリビングは、余計な物がない。キッチンも綺麗に片付けられている。

「ちゃんとしてるなあ……さすが」

感心しながら、荷物を置きキッチンに向かった。

冷蔵庫の中にあるものを食べて、なんて言っていたけれど、なにが入っているのか確認してみる。

うちの店の食パンがまず目に入った。それから、パンと一緒に食べる用なのか、スライスハムとチーズ。バターも美味しいと人気のバターが入っている。

――パン、食べてくれてるんだな……

パン好きの沼に引きずり込んだのは私だが、こうして今、彼がパン好きになってくれたのは嬉しい限りである。でも、食べ過ぎはよくないので、バランスよく食べましょうというのは忘れずに声がけしたい。

彼が仕事を終えて帰ってくる前に、なにか作って待っていたい。

パンが頭を掠めたけれど、仕事を終えて食べるならお米がいいかもしれない。そう思ったので、大変申し訳ないのだがキッチン周りを捜索し、無洗米を見つけた。

彼がくる前に作り終えたかったので、高速モードでお米を炊いた。そして、約二十分ほどでアラーム音が鳴り、米が炊きあがった。

「よっしゃ炊けた」

おにぎりの具《ぐ》になりそうなものは見当たらなかったので、塩むすびを作ることにした。

たまたまキッチンにあったお塩が、とっても美味しそうなヒマラヤ岩塩だった。それを見た瞬間、これでじゅうぶんだと判断した。

自分の分と凪君の分を握って、お皿に置いておく。そうこうしているうちに、玄関から音が聞こえてきて、凪君が帰ってきた。

「萌乃さん、待たせてごめん」

「おかえり〜。お疲れ様。それよりも、お米があったから炊いちゃった」

「全然問題ないよ。っていうか、お米……？　え、萌乃さん、おにぎり作ってくれたの？」

私の側にやってきた凪君が、お皿に並んだ塩むすびを見つめて固まっている。

「うん。あ、でも具になりそうなものがなかったから、塩むすびなんだけど。食べられる？」

もしかして苦手だったかな……と彼を窺う。

凪君はシンク前に移動すると、液体石けんで手を洗い始めた。

「食べるに決まってる。塩むすび大好きだし、それに萌乃さんが作ってくれたのなら尚更だよ。こんなことになるなら、おにぎり用の具材も買っておくんだったな……」

手を洗い終えた凪君が、ダイニングの椅子に腰を下ろす。

私がお茶を淹れている間に、彼は待ちきれないとばかりにおにぎりを掴み、もう食べていた。

「美味しい……塩むすび、久しぶりに食べたけどすごく美味しいね。うちにあった米ってこんなに美味しかったんだ」

「え。知らなかったの？　美味しくて人気のある銘柄だったよ」

その辺りにあったマグカップにお茶を注ぎ、凪君に渡す。ありがとうとお礼を言ってくれた凪君が、またおにぎりにかぶりついてから、小さく首を傾げた。

「そうだったっけ……？　これまで、米の銘柄とかなにも考えずにふるさと納税で選んでた」

なるほど。確かに凪君って食にこだわりがなさそうだし、お米の銘柄なんてあんまり知らないのだろう。

「ちょっと水加減少なめで炊くといいよ。塩もあんまりつけるとしょっぱいから、そこらへんだけ気をつければ簡単だし、美味しいよね。私も好き」

二人でお茶を飲みながら、黙々とおにぎりを食べる。私が半分を食べ終えた頃、凪君は二個目に突入していた。

「それよりさ、萌乃さん、俺になにか話があったんじゃなかったっけ？」

いつ話そうか考えていたのだが、先に彼の方から切り出してくれた。

慌てて食べていたお米を飲み込み、お茶で口の中を潤した。

「あ、うん。そうなの。ちょっと仕事の関係で相談したいことがあって」

「相談？　なに？」

「それがね、あの……今日常務に呼ばれて本部に行ったら、新しくできる店の店長にならないかって……」

テンション低めで説明を始めたのだが、店長という単語を出した途端、凪君の目が大きく見開かれた。

「え！　おめでとう‼　よかったね」

「う、うん。ありがとう。そのことは私も嬉しかったんだけど、その……店がね。ちょっと遠くて……」

「遠いってどこらへん？」

凪君の目をじっと見ながら、口を開く。

「北陸……」

「……北陸？　北陸ってあの？　海鮮が美味い……」

「そう。その北陸」

私が頷くと、凪君がテーブルに置いてあったスマホを手に取った。そしてなにやら素早く操作を始めた。

「……新幹線で二時間半くらいか……。あ、飛行機という手もあるね」

まさか通える、とか言うんじゃないよね。

「店長としてそこに着任したら、しばらくは北陸に住まなきゃいけないの。……まあ、住まいは会社が手配してくれるし、引っ越し代も出るっていうからそこは心配してないんだけどね。私が心配してるのは、凪君と離れなきゃいけなくなるってことだけなの。だから、凪君の意見を訊いてから返事をしようと思ってて……」

「そうか、ありがとう。俺に相談してくれて」

「そんなの……当たり前でしょ」

恋人なんだから、と心の中で付け足した。

で、どんな答えをくれるのだろう。

ドキドキしながら彼の答えを待った。

「で、萌乃さんはどうしたいの？　行きたい？」

「……それは、まあ……。新店を任されるってことは、それだけ期待されているってことだし、それに行ったことのない場所っていうのも、ちょっと楽しみっていうのがあるかな。でも、実家からも遠くなっちゃうからね、そこは気がかりかな」

凪君がなにかを考えるように目を伏せた。でも、それはほんの数秒で、すぐにパッと顔を上げた。

「そうか。…………よし、わかった」

「え？　わかったって……なにを……」

「行きなよ、萌乃さん。チャンスは生かすべきだよ」

大きく背中を押され、おお、と思う。これは素直に嬉しい。

けれど、北陸に行くとなると凪君と離ればなれになってしまう。そこに関して、凪君はどう考えているのだろう。

「でも、私が向こうに行ったら凪君とあんまり会えなくなるし……」

「そんなの気にしなくっていいのに。俺のことなら心配しないで」

「……ん？」

明るく「心配しないで」と言われ、少々違和感を抱く。

「し……心配しないで、とは……」

「俺のことは自分でどうにかするから。萌乃さんは自分のことだけを考えて行動すればいいよ」

にこっと微笑む凪君に微笑み返したい。でも、少々私が期待していた返事とは違うせいで、うまく笑顔が作れなかった。

「いや、だから。私達、離れちゃうんだよ？　凪君は寂しくないの？」

寂しいよ。という返事を期待していたのに、彼から出てきたのはまさかの「ううん」。

えっ!!　と声が出そうになった。

「寂しくないよ。だって、萌乃さんがやりたいことをするために北陸に行くなら、俺はそれを応援したいし。俺のせいで萌乃さんが夢や希望を諦めるなんて、それだけは絶対にだめだと思うからさ」

「……そ、そう……」

——思っていた答えと違う……

別に、泣いて縋《すが》って「行かないで」と言われたいわけじゃない。そうではないけれど、こんなに明るく前向きに送り出されるのは想定外で、混乱した。

——もしかして凪君って、そんなに私のこと好きじゃない……？　すごく好きで、この人と一緒にいたいって思っていたのは私だけだったのかな……

でも、確かこの人私と結婚したいって言ってたよね。あれ、嘘？　それとも、セックスで気持ちが盛り上がった勢いで、その気もないのに口にしたとか……

一つ疑問に思い始めたら、他にも疑問が浮かんでくる。

目の前にいるのは大好きな凪君なのに、なぜか今は違う人のように見えた。

——私……この人にとって、大切な存在じゃなかったのかな……

急に目の前にモヤがかかったみたいになって、すーっと顔から血の気が引いていく。

そんな私の異変は、目の前にいる凪君も気付いたらしい。彼の顔から笑顔が消えた。

「ん？　萌乃さん？　なんだか顔色が悪いような……」

凪君が私の頬に手を伸ばす。しかし、私はそれを反射的にスッとかわしていた。自分でもこんな行動に出たのを驚いたけれど、凪君も同じように目を丸くしていた。

いたたまれず立ち上がった私は、いかにもそれっぽく、目の前にあったマグカップを掴む。

「……大丈夫。お皿洗うね」

「あ、うん。ありがとう」

おにぎりが乗っていた皿もついでに持ち、凪君に視線を送ることなくシンク前に移動する。

どうしよう。なにも言葉が出てこない。

今、この空間にいるのが辛い。

凪君と一緒にいるときにこんな気持ちになるのは初めてだ。そのことに、私自身がすごく戸惑っている。

なにも喋らずにいたら、絶対凪君に変だと思われる。だからなにか喋らなくちゃいけない。でも、今口を開いたら、無意識のうちに彼に対する不満が出てきそうで、怖くて口が開けなかった。

――文句言えるような立場じゃない。だって、凪君は応援してくれてる。なのに、なんで私はこんなに泣きそうになってるんだろう……

ぎゅっと口を引き結びながら、無言で皿とマグカップを洗い終えた。タオルで手を拭き終わった私は、気がついたら自分のバッグを見つめていた。

「あの……ごめん、今日は帰るね」

普段となにも変わらない体を装い、笑顔を作った。

「えっ。もう？　もっとゆっくりしていけばいいのに」

これには凪君も驚き立ち上がった。

「転勤のことを相談したかっただけなの。今日は本部に行ったりでちょっと忙しかったから、いつもより疲れてて……だから、帰ります」

凪君の顔が見られないので、彼がどんな表情をしているのかはわからない。

ただ、玄関に向かって歩き出した私の後ろから、彼がついてくる気配はする。

「疲れているのに、うちで待たせちゃってごめん」

凪君はこうやって私を気遣ってくれるし、私の将来を応援してくれる、素晴らしい彼氏だと思う。

こんないい人に物申すなんて私にはできない。だって、ただ私と考えてたことが違っただけだから。

「ううん、私こそ急に話がしたいなんて言ってごめん。忙しいのにありがとね。……じゃ、これは返しておくね」

預かった鍵をまだ返していなかったことに気付き、玄関の棚に置いた。

それを見て、凪君が眉をひそめた。

「返さなくていいよ。その鍵は萌乃さんが持ってて」

私が置いた鍵を持ち上げ、凪君が私に渡そうとする。でも、今の私はそれを素直に受け取ることができない。

「そんな大事なもの、預かれない。……また今度でいい？」

凪君の目を見ないで答えたら、目の前から「萌乃さん」と力なく名を呼ばれた。

「なんかおかしくない？　どうしたの？」

反射的にやばいと思った私は、凪君と視線を合わせ、笑った。

「なんでもない！　思ってるより疲れてるっぽいから、早く帰って休むよ。……じゃ」

「……うん、ゆっくり休んで」

心配そうな顔でこっちを見ている凪君が目に入った。でも、これ以上彼と話すのがだんだん辛くなってきて、素早く玄関を出てドアを閉めてしまった。

あとから思い返すと、このときどんな気持ちで階段を下りていたのかが全く思い出せない。とにかく早く凪君の家から離れなければと、残っていた体力を使い果たすくらいの速さで走り、自分のマンションに辿り着いた。

そして、自分の部屋に入るなり、ベッドに倒れ込んでそのまましばらく動くことができなかった。

第六章　愛の重さ

正直言うと、凪君に行かないでくれと言われるのではと、どこかで期待していた。店長になるのは目標ではあったけれど、別にそれは北陸の新店でなくたっていい。また別の店ができるときにもチャンスがあるかもしれないし、今の店で店長になるチャンスだってある。

だから、彼には行かないで、側にいてほしい……と言ってほしかった。でもそれは私が勝手に思い描いていた理想で、物事はそううまくいかなかった。

——そりゃ、そうだよね。相手は若いうちに起業するくらい行動的な人だもの。チャンスが目の前にあるなら、摑《つか》めって背中を押すよね……

凪君に勝手に期待して、思い通りにいかなくて勝手に落ち込んでいる私って、すごくバカみたいだし、恥ずかしかった。

こんな女が彼女だなんて、泉さんに知られたら恥ずかしさで死んでしまいそう。

それくらい、私は人生でもそうそうないくらいに落ち込んでいた。

落ち込みすぎて凪君と顔を合わせにくくて、このところずっと固定だった朝番を、別の社員に頼み込み、遅番と変えてもらった。

こうすれば朝凪君と会わずにすむ。でも、数日会わないと、心配した凪君から連絡が入るようになった。

【朝会わないけど。もしかして休んでる？】

心配してくれる凪君は優しい。優しいけれど、私が北陸に行っても寂しくはないんだな……と、どこか冷めた気持ちでメッセージを見つめてしまう。

【違うの。ちょっと事情があって、最近遅番に入ってるだけなの】

まあ、事情というのは私の事情だけれど。

とりあえずこのメッセージで凪君が納得してくれたのでよしとする。

そして、いまだに転勤のことが尾を引いて凪君と顔を合わせにくい私は、誰かにこのことを相談したくて冴を呼び出した。

よくよく考えたら冴も彼氏が熊本に帰省する話が出ていて、状況が似ている。あのあと彼女達がどういう決断をしたのかが気になる。

私がメッセージで彼女を誘うと、快くＯＫの返事が返ってきた。遅番だと私より冴の終業時間の方が早い。よって、今回は彼女が私の職場がある駅まで来てくれることになった。

夕食も兼ねて彼女が予約した店は、駅ビルに入っている中華料理店。待ち合わせの時間まで冴は買い物をしているというので、仕事を終え、さほど慌てず待ち合わせの店に向かった。

駅ビルの六階にある中華料理店は、一人で入ったことがない。大概今回のように冴と食事をしたいときや、彼女に誘われたときに行く。なんでこの店なのかというと、私も冴も、この店のあんかけ焼きそばが好きだからだ。

店に入って予約の名前をスタッフさんに伝えると、窓側の予約席に案内してくれた。その席にはすでに冴がいて、私に向かって笑顔で手を振っていた。

「萌乃～！　お疲れ」

「そっちこそお疲れ～！　ありがとねこっちまで来てくれて」

「ぜーんぜん。いつも私の職場の方まで来てもらってるんだから、たまにはね。それより萌乃が遅番って珍しくない？　私、萌乃は朝番で固定なんだとばっかり思ってたわ」

「いやそれがですね……ちょっと、事情があって……」

もごもごと言《い》い淀《よど》んだら、それだけで冴の目がキラリと光った。

「なんかあったな」

「実はさ……」

メニューを開きながら、冴にポツポツと凪君との間にあったことを話した。

転勤で店長になるのは嬉《うれ》しいけれど、離ればなれになるのに凪君は悲しんでくれなかった。むしろ、行くべきだと強く背中を押された。そのこと自体はありがたいし、自分も新天地で頑張りたい。でも、やっぱり好きな人には離れることを寂しいと言ってほしかった。それでモヤモヤして、今、凪君に会いたくない、と。

「ふうん、なるほど……」

料理を決め、スタッフさんを呼び注文を済ませた。とりあえずお互いに食べたい一品料理をいくつか頼んで、シェアして食べることにした。

エビチリ、青椒肉絲《チンジャオロース》にフカヒレのスープ。そして五目チャーハン。二人の割に量が多く思われそうだが、ここのは一品当たりの量が少ないのでシェアすれば意外といけてしまう。過去も、これくらいの量を二人でペロリだった。

「萌乃は、彼がもっと寂しそうにしてくれると思ったんだ？」

「そりゃあ……まあ……だって、結婚して、とまで言われたんだよ？　それなのに意外とあっさり離れることを承諾してくれて……そりゃ、仕事としては頑張りたいけど……って、わかる？　この複雑な気持ち」

「まあ、なんとなくだけどね。ほら、うちもなんか近いじゃん、境遇が。うちの場合は向こうが地元に帰るって言い出したけど、新幹線じゃなくて飛行機で二時間とかだしね。そうそう会いにも行けない。てなると、一緒に行かないなら別れるしかないし」

「それよ。冴はどうすることにしたの」

ドキドキしながら、今夜一番訊きたかったことを切り出した。

冴は私をチラリと見てから、手元のお茶が入ったカップに視線を落とし、笑った。

「私は絶対行かないよ、って彼に言ったの。そしたら、彼が帰るのをやめたよ」

「え。そうなの？」

冴が静かに頷《うなず》く。

「うん。私の考えはもう決まってたから、彼が実家に戻るなら別れる。その覚悟もできてたけど、向こうが折れたね。あっさり実家に帰るのやめる、って言われた」

「彼は冴と離れたくなかったんだね」

冴がふふっと笑う。その顔が、なんだかとても幸せそうだった。

「なのかな。でも、実家のことも気がかりだから年に一回は一緒に帰省しようっていう話にはなってるけどね。先のことはまだわかんないけど、今はこれでいいかな」

「そっか……冴と彼氏はそういう結果になったのか……」

口には出さなかったけれど、羨ましかった。

きっと凪君は、私があなたに会えないのは寂しいから行かない、なんて言ったら逆に困惑しそう。

【なんで行かないの？　せっかくのチャンスは生かさなくちゃ。俺のことは気にしなくていいから】

——うーん、言いそう。

勝手に凪君をイメージして、苦笑してしまった。

まずスープが、それからできあがった料理が次々と運ばれてきて、私達のテーブルを隙間無く埋めていく。

それぞれの料理を少量ずつ小皿にとり、食事をしながらポツポツと今の気持ちを冴に聞いてもらう。

「……結局のところさ、私が甘かったんだよね……。まだ付き合ってそんなに経《た》ないのに、彼に遠くへ行かないでくれって言ってもらえるんじゃないかって期待しちゃってたから……」

青椒肉絲に舌鼓を打ちつつ、項垂れる。これでは全く美味しく食べているようには見えないが、料理は美味しい。

「いや、付き合ってる期間は関係ないでしょ。それに付き合い始めたばかりの方が気持ちが燃え上がっているから、尚更《なおさら》相手と離れたくないって思うよ。萌乃の考えは普通だと思う。私だって同じ状況だったら、相手が本当に自分のことを好きなのか疑うね」

同意してもらえるのは嬉しいけれど、ダメ押しを食らって瀕死《ひんし》になった。

「そ……そうだよね……こんな気持ちになるの、私だけじゃないんだよね……。ありがとう。そう言ってもらえてちょっと安心した……」

「いや、萌乃……安心したようには見えない……。本当に大丈夫？　一応、もう一度彼とちゃんと話し合った方がいいよ。もしかしたら相手が勘違いしてる可能性だってあるし……ちゃんとしばらく向こうに滞在って、言った？　出張じゃないって」

「言ったよ……。とにかく、俺のことは心配しないでって……。し……心配なんかしてないよ、若いけどちゃんと会社経営できてるくらいの人なんだから。そうじゃなくてさあ、ただ離ればなれになったら寂しいってだけなのに……！　なんでそこに気付かないのかな。……ていうか、あの人本当に寂しくない、とか……？」

だとしたら本当に凹《へこ》む。

わかりやすく頭を垂れ、凹んでいると、真正面から「おい～～」と困ったような声が聞こえてきた。

「とにかく、まだ転勤を受け入れたわけじゃないでしょ？　相談して、どうしても行きたくなければ今回は断ったっていいんじゃない？　それとも、若社長は置いといて自分のキャリアを大事にするなら、受け入れて北陸に行けばよろしい。私がたまに遊びに行くよ」

顔を上げると、冴がにっこりと微笑《ほほえ》んだ。

「美味しいもの食べに行こうよ。ね」

優しい友人の存在ってありがたい。彼女がいてくれて本当によかった。

「……うん、それもいいね……」

さすがにもう一度くらい凪君に相談はするけれど、そこでもまた北陸行きを応援されたら、もういいや。

彼のことは気にせず、自分の将来だけを考えて決断しよう。

やけ食いではないけれど、この店の料理が美味しいせいもあって、やはり今回も全ての料理を綺麗に食べ終えてしまった。

最後にデザートは？　と冴に訊かれたけれど、さすがにもう食べ物が入る隙がない。今夜だけは別腹も存在しなかった。

――うう……苦しい……

パンパンになった重たいお腹《なか》を押さえながら、少しでもカロリー消費をと早足で帰路に就いた。

言いたかったことは全て冴に話した。なんならもう、凪君にこの件を相談せず、常務に返事をして、そのまま一人でひっそり北陸に行く可能性もあるかもしれない。

彼に会わず、ひとりで判断して、一人で行く。

そう思っただけで、気持ちが沈む。

――凪君と一緒にいるの、楽しかったのに……

結婚相手に求めることで大事なのは、同じ価値観を持っているかどうか、というのはよく耳にする。

凪君とは価値観が合わなかった。そう解釈すればいい。

……と、頭ではわかっているけれど、そこはやはり恋愛感情。そう簡単に割り切ることができないでいる。

──あ────もう……私、諦め悪いな……こんな性格だったっけ……

だんだん自分で自分のことがわからなくなる。

どうしたってモヤモヤが晴れない。こういうときは悩んでも仕方ないので、お風呂にゆっくり浸《つ》かって寝てしまうのが一番いい。

──そうだ、そうしよう。寝て起きてからまた考えよ……

マンションのエントランスに近づき、鍵を出そうとバッグに視線を移したときだった。

「萌乃さん」

「ひっ‼」

声のした方を見ると、エントランス前の壁に男性が凭《もた》れているのが見えた。

勇気を出して目を凝らすと、そこにいたのはまさかの凪君だった。

「……えっ⁉　な……凪君⁉　なんでこんなところに……」

彼がこんなところにいるなんて思いもしないので、動揺して鍵を取り出す前にバッグから手を引っこ抜いた。

凪君がゆっくりと私に近づく。

「なんでって……俺、会いたいって何度も連絡したんだよ。でも全然既読がつかないから、萌乃さんになにかあったのかと思って……我慢できなくてとんできたんだ。ドアホンで呼び出ししても反応がないから、まだ帰ってないんだと思ってここで待ってた」

「えっ」

慌ててバッグの中にあるスマホを取り出す。確かに彼が言うとおり、画面にはいくつもの通知が表示されていた。

――しまった。冴との食事前に音、切ったんだった……！

「ごめん、友達と食事に行ってて。音、切ったままだった……」

「そう、食事してたんだ……具合が悪くて寝込んでるとかじゃなくてよかったよ」

会話が途切れて、二人とも無言になってしまう。

――どうしよう。なにを話せばいいのか……

「なんかさ」

凪君が困り顔で髪を掻《か》き上げた。

「萌乃さん、俺のこと避けてない？」

「えっ……」

その通りだけど、直接本人に言われると、なぜ胸がぎゅっと苦しくなるのだろう。

「それは、あの……」

「この前会ってからだよね。転勤のことで、俺、萌乃さんを傷つけるようなこと言った？　だったら避けたりしないで、直接文句言ってもらいたいんだけど」

凪君の語気がだんだん強くなってきた。一歩、また一歩と近づいてきて、すぐ目の前にいる彼の目は、どうして？　と私に語りかけている。

「いや、あの……だからそれは……」

――ちょっと待って。傷ついたのは私なのに、なんでこんな彼に圧される展開になってるの？

そうだ、私が怯《ひる》む必要はないんだった。

それに気がつき、やっと平常心で凪君を見つめることができた。

「……凪君、自分があのとき何言ったか覚えてないの？」

「ん？　覚えてるよ。萌乃さんが栄転するから、それを応援するって言った」

「いやうん、そうなんだけど……」

話していると、マンション内の自動ドアの向こうに住人が姿を現した。

ぱっと見、こんな場所で男女が話し込んでいると、要らぬ詮索をされそう。そう思った私は、凪君の腕を掴みエントランスに飛び込んだ。

「ごめん、中で話してもいい？」

「もちろん」

あっさり承諾してもらえたので、彼を連れて自分の部屋に移動した。

後ろ手で部屋のドアを閉め、凪君に先に部屋の中へ入ってくれとお願いする。

「……で、俺、なにをやらかしたの？　教えてくれないとわかんないんだけど」

部屋に入った途端、凪君に真顔で言われて、本気で唖然《あぜん》とした。

「ほんとーにわかってないの？」

「ごめん、わからない」

本気か。

手に持っていた荷物を床に置き、腕を組みため息をつく。

「……凪君、俺のことは気にしないでって言ったよね。普通、恋人が遠くに行くなら、行かないでとかって引き留めたり、もっと悲しんだりするもんじゃない？　それなのに、俺のことは気にしなくていいからって、全然悲しんでもくれないって……なんか、ショックだった」

指摘されてもっと険しい顔をするかと思っていた凪君だが、なぜかキョトンとしている。

「え。そこ？　いやでも、萌乃さん……」

「所詮、私ってそこまでしか好きになってもらえてないんだなって……。結婚してくれって言われて、すっかりその気になってた自分が恥ずかしか……」

「待って萌乃さん。違う。違うから」

強引に話を遮られて、なんで？　と凪君を見上げる。

「違うって、なにが……」

「そうじゃないんだ。じゃなくて……俺のことは気にしないでって言ったのは、俺、萌乃さんの邪魔にならないようについていくつもりでいただけなんだ」

「…………は？」

——ついていく⁉　って、どういう……

私を見つめる凪君の表情は真剣そのもの。嘘《うそ》や冗談を言っているとは到底思えない。

全く理解ができなくて、口をあんぐり開けたままでいると、凪君が目を伏せ、ゆっくり口を開く。

「だって、あの場面で俺も行くって言ったら、萌乃さんは絶対ついてくるなって言うでしょ？　咄嗟《とっさ》にそう思って、萌乃さんにバレないようにこっそり準備しようと思ったんだ。だからあんな感じの返事しかできなかった。ただそれだけのことなんだ」

まさかあの短い時間で、彼がそこまで考えていたなんて。

私の言いそうなことまでピタリと当てられていて、正直動揺した。

「そ……そりゃ、会社どうするのとか建てたばかりの家もあるんだし、そんなことしないでって言ったと思うけど！　それよりも、ついてくるって……ほ、本気で言ってるの？」

凪君が涼しい顔で即、頷いた。

「もちろん。俺、もう萌乃さんと離れるつもりないし」

「いやでも、実際ついてくるってどうするつもりなの⁉　会社は……」

「基本はリモートで。なんかあれば戻るけど、俺がいなくたって会社は回るから。そうなるようにしてきたつもりなんで」

「……つ、つもり……って……でも、自宅の隣にあるのに……」

「その点も心配要らないよ。これを機に手狭になってきたから移転するのもいいかなって。だから最近は、移転先を探してるとこ。自宅はそのままでいいよ。たまに帰るし。だから萌乃さんの勤務先の近くに部屋を借りようと思ってる。萌乃さんもそこに一緒に住もうよ。そうすれば会社も家賃負担しなくて助かるよ？」

それは会社も助かるけど。

……って、思ったけど口にするのはやめておいた。

「会社を移転したとしても、あんな広い建物をそのままにしとくのは勿体《もったい》ないじゃない……それになにより社員の皆さんが納得しないんじゃ……」

「社員には常々、手狭になったら移転するからって伝えてたから大丈夫。それに、もちろん活用はするよ。この前話したみたいに借主を募集するつもり。カフェでも、レストランでもベーカリーでもいい。大きな厨房《ちゅうぼう》が必要なら改築も自由にしてくれていいしね」

こっちが不安要素を口にしても、凪君は涼しい顔でそれに対する解決案を提示してくる。

これ以上私がなにを言ったとしても、きっと彼は涼しい顔で私を安心させるだけの答えをくれる。それがわかるから、もうなにを言っても無駄だと悟る。

でも。

「社長がずっといないなんて……そんなの、社員の皆さんが不安がるよ。せっかく今までいい関係を築けてきてるのに……やっぱり、ずっとリモートは難しいんじゃないかな」

「萌乃さんは心配性だね」

凪君がクスッとする。

「でも、そう言うんじゃないかって予想はしてた。だから、良い機会だと思って北陸に新たな支社を立ち上げるつもりでいる」

「……は?」

ちょっと今、信じられないことを言われたような。

「といっても、本業の事務所ではないけどね。子会社が運営している人材派遣会社の北陸支社。メインは人材派遣だけど、これを機にあちらの企業とも積極的に取引をしていきたいんで、直接俺が動こうかなって。だから、一日中リモートで仕事をするわけじゃないよ。これなら萌乃さん、安心する?」

安心するかどうかは別として、凪君の行動力に開いた口が塞がらない。

「し……信じられない……。私と一緒にいるためだけにそこまでするなんて……」

「だって俺、萌乃さんが大好きだから。萌乃さんの夢も応援したいし、離れたくないし。てなると、これしか方法がなかった」

凪君が近づいてきて、そっと私を抱きしめた。

「離れたら寂しいに決まってるじゃん。寂しくて寂しくて、間違いなく仕事も手に付かなくなる。てことは、もう自《おの》ずと答えは出てる。俺は、萌乃さんと絶対に離れない」

「な、凪君……」

「離れないよ、絶対」

自分以上に私とのことを考えてくれていた彼に驚いた。それと同時に、この人に対しての愛情が体中から溢《あふ》れてきて、愛《いと》おしくてたまらなくなる。

「ごめん……私も、凪君と離れたくないよ」

彼の背中に手を回し、強くしがみついた。

こんなに愛してくれる人と離れようとしていたなんて、どうかしてた。彼に抱きつきながら思いきり反省した。

「萌乃」

名前を呼ばれ、ドキッとして凪君を見上げる。その目はいつになく優しくて、美しい。

綺麗な顔だなあと改めて見とれていると、彼の顔が近づき、唇が重なった。

「……ん」

すぐに舌が差し込まれ、艶《なま》めかしいキスへと変化した。私の舌を絡め取るその動きはどこか性急で、なんだかいつになく余裕がない。

「ふ……ぁ……っ、ン……」

凪君からの圧が強くて、だんだん背中が反っていく。彼が腰を押さえてくれていなければ、多分床に倒れ込んでいた。それくらい激しいキスは、数分続いた。

「んっ……う……っ、凪……待って……」

少しだけ顔を横に逸《そ》らし、彼からの猛攻をかわそうとする。でもすぐに彼が追ってきて、また唇を塞がれてしまう。

――く……くるし……今日の凪君、激しい……

よたよたと後方に下がると、ちょうどベッドにぶつかった。そのままベッドになだれ込むような格好になり、やっとキスが終わった。

「な……凪君、今日、激しい……」

はあはあと肩で呼吸をしている私に対し、凪君は涼しい顔だ。唯一乱れた髪を手で無造作に直しながら、そうかなと口を尖《とが》らせる。

「だって、萌乃さんに避けられて寂しかったから。その分、今日は多めに萌乃さんを抱くよ」

「えっ……」

「だから覚悟してね」

にこりと微笑んだ凪君が、勢いよく身に付けていたシャツを脱ぎ捨てた。いきなり半裸になった相手にドクン、と心臓が跳ねる。でも、それを眺めている余裕はなかった。なぜならもう彼が私をベッドに押し倒し、手首を摑んでベッドに縫い付けているからだ。

「なっ、凪君？　はや……」

「その凪君？　っていうのももうやめにしようよ。俺、萌乃さんのこと萌乃って呼びたい。だから萌乃も、俺のこと凪って呼んで」

言いながら凪君は休みなく手を動かし続け、私のトップスを頭から引き抜く。そしてブラジャーのホックを手際よく外し、ブラも私の腕から抜き取った。

「な……凪……」

「うん。好きだよ、萌乃」

いつになく甘い声に、胸がときめく。

唇に深く口づけてから、首筋に吸い付かれる。チクッとした痛みが一瞬走ったけれど、それすらも幸せを感じてしまう。

――私、重症だな……

この人のことが好き。離れたくない。

彼の広い背中に手を置き、首筋への愛撫《あいぶ》に酔いしれる。……が、そんな余裕は長く続かなかった。彼の手がいつの間にか下腹部に移動し、ショーツの中に差し込まれたからだ。ショーツの中をするする進んだ彼の手が、繁《しげ》みを撫《な》で、奥にある蕾《つぼみ》に触れた。

「……ひ、あっ！　やっ……い、いきなり……？」

乳房の先端に舌を這《は》わそうとしていた彼が、顔を上げる。

「だめ？」

綺麗な顔でおねだりされると、抗《あらが》えない。

「……っ、だめ、じゃない……」

「よかった」

頬《ほお》を緩めた凪が、ゆっくりと胸先に舌を這わす。まず、べろりと舌全体を使い乳首を舐《な》め上げ、次はゆっくりとキスをするように唇を近づけると、そのままパクッと口に含む。

「あっ……！」

ぴちゃ、という舌と唾液が絡む音が聞こえてきて、急に恥ずかしさが増してきた。

「や、やだ……」

「いや？　なんで？」

問いかけてくるけれど、彼は乳首への愛撫を止めない。

「は……恥ずかしいから……」

凪が顔を上げた。

「恥ずかしいの？　……でも、残念ながら止めてあげられないな」

「っん！」

話しながら、指で乳首をぎゅっと摘まれ、ビクンと腰が跳ねた。

その言葉どおり、彼が愛撫の手を休めることはなかった。舌を巧みに操りながら乳首への愛撫を続け、蜜口に指を差し込み、前後に動かしながら私を追い立てる。

「あっ……ん……っ、は……っ……」

快感の波にのまれそうになりながら、体を捩《よじ》ってそれに耐える。

はあはあしすぎて口の中はカラカラだし、蜜口から溢《あふ》れ出《で》る蜜の量がやばい。

それに自分でもわかるくらい、彼を欲して体が疼《うず》いている。

――だめ……もう、我慢できない……今すぐ挿《い》れてほしい……

「凪……」

「ん？」

「もう、ほしいの……我慢できない……」

自分でもこんなことを言うなんて驚くけれど、体が彼を求めているのだから仕方がない。

そして、言われた方の凪も驚いたらしく、少し目を見開いたまま固まっていた。

「萌乃……そんなに？　そんなに俺が欲しいの？」

即、頷いた。

「うん、欲しい……」

「やっべ」

突然凪がこう呟《つぶや》き、はにかむ。

「嬉しすぎる……」

「え」

「萌乃にこんなこと言ってもらえるなんて、夢かな」

一瞬こっちがポカンとしたけれど、そんなことを言う凪が可愛《かわい》く、愛おしく思えてきて、思わず私も体を起こし、彼を抱きしめた。

「夢じゃないよ。……欲しいの、凪が。今すぐ」

「萌乃……」

凪の手が私の背中に回り、きつく抱きしめられる。

「でも、その前に明かり消させて。……恥ずかしいから」

「はい」

照明を落とし、履いていたパンツとショーツを脱ぎ捨てた。彼も同じように身に付けていたものを全て脱ぎ捨てると、部屋に置いてあった避妊具の箱から一枚取り出し、それを装着した。

——こういうこともあろうかと、買っておいてよかった……

心の中でホッとしていると、避妊具を着け終えた凪が私の腰を摑んだ。

「萌乃」

対面座位でちゅ、ちゅ、とついばむようなキスを繰り返していると、押しつけられた屹立がゆっくりと私の中に入ってきて、キスをしながら息を呑《の》んだ。

「ん……」

蜜口に屹立《きつりつ》を宛《あて》がいながら、彼が顔を寄せてくる。

「んっ、は……あ……！」

隙間なく隘路《あいろ》を埋める彼の存在感。それを全身で感じながら、浅い呼吸を繰り返した。

「萌乃、好き」

凪に強く抱きしめられると、愛おしさが増す。

抱きしめる腕は力強いのになぜだろう。もちろんそれは、決して年下だからというわけじゃない。

凪が元々持っているキャラのようなものだと思うけれど、こうしていると、この人が社員が何百人といる会社の社長という事実が嘘のようだ。

「私も凪が好き」

彼の頰を撫でたあと、強めに彼の唇に自分のそれを押しつけた。すると、勢いよく彼が覆《おお》い被《かぶ》さってきて、ベッドに倒された。

「萌乃……！」

私の体をがっちり抱きしめたまま、彼が腰を打ち付ける。

「あっ、あ……っ、ン、あっ……は、げしっ……」

頭の上辺りに枕があるお陰でベッドのヘッドボードに頭を打たないで済んでいるが、無かったらガンガンぶつかりまくりだったと思う。

それほどに、凪の抽送は激しかった。

ただでさえさっきまでの愛撫で相当体は蕩《とろ》けていたのに、こんなに激しく追い立てられたら、もたない。

「や、あ、あ……き……きちゃう、からあっ……!!」

「いいよ……イッて。俺で気持ちよくなって」

「んっ、あ、あ、い……くうっ……」

凪の首に手を回し、彼を強く抱きしめ返す。その格好のまま何度か腰を打ち付けられたあと、私はあっさり達してしまう。

「あっ……は、あ……っ……！」

彼を咥《くわ》え込んだまま強く締め上げる。動いていた凪が一旦腰の動きを止めて、苦しそうに目を細めた。

「萌乃、イッたんだ」

「ん……っ」

ぐったりと天を仰いでいたら、一旦動きを止めていた凪が首筋にキスをしてくる。

「……絶対俺の方が早くイくと思ってたんだけどな……萌乃、感度いいな」

「だ……だって……気持ちよすぎて……」

「うん、じゃあ、今度は俺の番ね」

達したばかりでまだ敏感になっているというのに、凪がまた腰を短いスパンで打ち付け始める。

すぐに動きが激しくなったので、うそ、と凪を見つめる。

「えっ！　ま、待って。まだ今イッたばかりなのに……」

「だめ。俺も我慢できない」

有無を言わさないとばかりに、凪が激しく腰を動かす。達したばかりの余韻に浸る間もなく、私は声にならない快感にただ天井を見つめるしかなかった。

「あっ、いやっ……‼　だめ、だめ……‼」

達したばかりなのにまたジワジワと快感が高まっていく。しかし、そんな最中凪が私から屹立を引き抜いた。

「萌乃、こっちに」

言いながら腕を引いて体を起こされ、彼に背を向ける格好で座らされる。

「少し腰を浮かせて」

「こ……こう……？　……あっ‼」

言われるままに腰を浮かすと、すぐに下から貫かれた。そのまま腰を落としたら、正常位でするのとはまた違う深い場所に凪を感じて、子宮がきゅうっと疼くのがわかる。

「あっ……これ、だめ、ふかっ……」

「すごく気持ちいい……萌乃……」

耳の後ろから聞こえてくる凪のイケボと吐息が、私から力を奪っていく。

こんなの、気持ちよすぎてなにもできない。

「きもちい……」

ため息と共に今の気持ちを漏らすと、脇の下から凪の手が現れて乳房を掴む。そして掌《てのひら》全体を使って乳房を揉《も》まれ、時々乳首をキュッと摘まみ、甘い痺《しび》れを送ってくる。

「あっ……な、凪……」

「萌乃ちょっとごめんね、揺する」

今度は下から凪の激しい突き上げが始まった。あまりに激しすぎて、座っている体勢を保てないほどで、気付いたときにはベッドに手を突いてなんとか耐えていた。もちろん動きの激しさだけに耐えられないわけじゃない。奥を突き上げられていると、お腹の奥がジンジンして、快感に身を委ねたくなる。さっき達したのが嘘のようだった。

――なにこれ……っ、も、あたま、おかしくなっちゃう……

「あんっ……や、だめっ、もっ……また、いきたくなっちゃううぅっ……!!」

背後から乳房をぐちゃぐちゃに揉んでいる凪に訴えると、イケボが聞こえてきた。

「いいよ。じゃ、一緒にイこ?」

妙に冷静な凪の声に心臓が跳ねた。でも、行動は全然冷静じゃなかった。また激しい突き上げが私を襲い、あっという間にまた達してしまう。

「あ、あああぁ、んっ、だめ……っ!!」

私の中でドクンドクンと脈打つ凪を感じながら、ベッドに倒れ込む。

凪は素早く私から屹立を引き抜き、避妊具の処理を済ませて、戻ってきた。

「萌乃、愛してる。絶対に離れないから覚悟して」

向かい合わせでベッドに横になると、凪が私の体を引き寄せ、強く抱きしめた。

「うん……私も、離れたくない……ずっと一緒にいる」

最初についていくって言われたときは驚いたけれど、今はもうなんとも思わない。

私も、もう凪がいない生活なんか考えられないから。そうと決まれば常務にすぐ返事をしないと。常務、驚くだろうな。

そんなことを考えながら、凪との熱い夜はまだまだ続いたのだった。

第七章　パンと恋人と新生活

常務に北陸行きを決めたことを伝えると、状況はあれよあれよという間に変化した。

まず、今の勤務先に私の後釜として着任する社員が異動してきた。新しくチーフになるのは、三十代の男性社員だ。

「早くこの店に馴染《なじ》めるよう精一杯努力いたしますので、何卒《なにとぞ》よろしくお願いいたします」

この男性は名を鳥野《とりの》さんという。話を聞くと二年前までIT企業でSEをしていたそうなのだが、毎日パソコンに向かう生活に嫌気が差し、思いきって弊社に転職したのだという。

「眼精疲労と戦う毎日で疲れ切ってたんですけど、ふと近くにあったうちの系列店に入って、シナモンロールとコーヒーを買って、近くの公園で食べたんです。そしたら、それがまあ美味くて。めっちゃ体に沁《し》みたんですよ。その瞬間転職するって決めました。転職先は悩みましたけど、きっかけをくれたこの会社で働いてみるのもいいかもって」

あら。私となんか似てる。

同じようなきっかけで転職した鳥野さんに、勝手に親近感が湧いた。

私が異動になることで、仲良くしていたパートさん達が悲しむかなと少々心配していたのだが、鳥野さんが来たことでそんな心配は無用になった。

というのも、鳥野さんが爽やか系イケメンだったからだ。

私が去ることを悲しんでくれていたパートさん達は、鳥野さんを見た瞬間に悲しさなどどこへと言わんばかりに、態度を一変。皆、鳥野さんのイケメンぶりに興奮しているようだった。

「やだ、もちろん武林さんが異動になるのは悲しいわよ⁉　でも、やっぱり職場に来ればイケメンがいるって思うと俄然《がぜん》やる気が出るというか……ねえ？」

昼間の勤務でよく一緒になっていた他のパートさんも、同じようにそうそう‼　と食い気味で何度も頷いていたのが、ちょっと笑えた。

河津さんも他のパートさん同様にイケメンがいるのはいいね、と笑っていた。

「そりゃ近くに爽やかイケメンがいれば目の保養になるよね〜。でも、もちろんちゃんと仕事をしてくれるっていうのが前提にあるんですよ？　皆、本当は武林さんが異動になるの、すごく悲しんでるんです」

「本当かな〜……」

怪しむ私の肩を、河津さんがなだめるようにポンポン、と叩《たた》いた。

「本当ですって。決まってるじゃないですか。寂しくなりますね～。でも、そのうちまた戻ってくるんですよね？」

「もちろん。常務にもそう言われてますし」

なにも北陸に永住するわけじゃない。そのうちまた帰ってくる、というのはしっかり説明した。ただ、またこの店で働けるかどうかはわからないけれど。

それでも、皆私が北陸にいる間に旅行がてら会いに行きますとか、美味しい海鮮の店を探しておいてください、と声をかけてもらえたのが嬉しかった。

――皆、いい人……。北陸行きを決めたのは自分だけど、ここを離れたくなくなるわ……。

嬉しいような悲しいような複雑な気持ちになってしまった。とはいえ、もう後戻りはできないので、向こうで頑張るしかない。

そういえば、鳥野さんがIT企業出身ということで、何気なく凪の会社を知っているか訊いてみた。すると、こんな答えが返ってきた。

「知ってますよ‼　有名人じゃないですか。年齢が話題になりがちだけど、仕事ぶりもすごいらしいですよ。めっちゃ頭切れるらしいです。一緒に仕事したって知り合いが言ってました」

「へえ……そうなんだ」

凪の評価というか、仕事ぶりを褒めてもらえて私が嬉しくなってしまった。

多分、私がニヤニヤしていたからだろう。鳥野さんが首を傾《かし》げる。

「岐部社長と武林さんって、なんか関係あるんですか？」

「彼氏なんです」

「へえ、彼氏…………ええええ!!　岐部社長が彼氏!?」

すごく驚かれた。鳥野さんが三歩くらい後ずさった。

「そうなんです。岐部さん、よくこの店にも来てたから、昼のパートさんは皆岐部さんのこと知ってますよ」

そうなんだああ!!　と鳥野さんが頭を抱えた。

この人、驚くとリアクションが面白い。

「でも、武林さんが北陸に行ったら岐部社長、寂しいんじゃないですか？　そこら辺に関してはなんて言ってるんです？」

「あーっとね……うん……その……ついてくる……の……」

「は!?」

鳥野さんが目を大きく見開いた。まあ、納得のリアクションだ。

「一緒に北陸に行くって言ってる……」

「ええっ⁉　会社は！　会社どうするんですか‼」

「まあ、なんとかするらしいよ。あと、北陸でもなんかやろうとしてるし」

目をパチパチさせている鳥野さんは、どうやら言葉が出ないようだ。

——まあ、そうだよね……私だって最初に聞いたときは驚いたんだから。

「いや、なんていうか……できる人って俺では考えつかないような行動に出るもんだな、と……」

「ですよね……」

鳥野さんに同意しかなかった。


定時で仕事を終え、真っ直ぐ向かったのは凪の家。

今晩は彼が仕事をしている間にご飯を作っておくね、と約束したので、それを果たすべく材料を持ってやってきた。

凪のリクエストはハンバーグ。最初聞いたときはなんだか可愛くて、スマホを持ったまま顔が緩んで仕方なかった。

——ハンバーグが好きなのね～～じゃあ、頑張らないと。

とはいえ、特別なハンバーグの作り方なんかわからないので、普通に合挽肉《あいびき》とみじん切りのタマネギで作る一般的なハンバーグだ。

とにかくよく捏《こ》ねたほうがいいらしいので、しっかり捏ねて形を形成し、フライパンで焼く。ソースは凪にリクエストを求めたところ、和風ソースがいいということで、醤油《しょうゆ》・みりん・酒・砂糖を煮詰めて作った。

ちゃんとハンバーグに火が通ったことを確認してからIHのスイッチを切った。あとは凪が帰宅をしてからハンバーグやソースを温めてお皿に盛ればOKである。

彼が仕事を終えるまで、部屋の真ん中にあるソファーに腰を下ろし、テレビを観《み》ながら彼を待つことにする。

——それにしても、凪と一緒に住むことを常務に話したら、すごく驚いてたなあ……

当たり前だけど、常務は私が一人で北陸に行くと思っていたので、同行者がいると話したら「えっ‼　武林さん結婚してたっけ⁉」と椅子から腰を浮かせるくらい驚いていた。

結婚はまだしていない、婚約段階だけど、婚約者に話したらぜひ行けと言われた、そして自分もついていくと言われた……など、成り行きを話していくにつれ、常務の口がポカンと開いていくのがちょっと面白かった。

で、向こうの住居に関しては婚約者が用意するので、会社で用意してもらう必要がないこと、家賃補助もいらないと説明をした。

会社で住居を探さなくていい件については了承されたけれど、家賃補助に関しては会社の規定があるので、それは支払うことになると言われた。申し訳ないけれど、素直にありがたかった。

家賃分として支給してもらった分は凪に渡せばいいし、あとは部屋を探すだけだ。

今日はその相談もあって凪の家に来たのだが、北陸に関する情報誌などがテーブルに置いてあるのを見ると、なにやら動き始めてはいるようだ。

——新生活かあ……どんな感じになるんだろう。

これまで男性との同棲《どうせい》経験なんかない。見知らぬ土地で初めての経験は期待もあるけれど、どちらかというと不安の方が大きいかもしれない。

でも、一人じゃない。凪と一緒なら、期待は倍になるし、不安なことは二人で相談し合って解決すればいい。

こう考えるようにしたら、一緒に来てくれるという凪の申し出がとてつもなくありがたかった。

——いい人と出会えて、お付き合いすることができて本当によかった……

一人で喜びに浸っていたら、玄関から音が聞こえた。凪が帰ってきたのだろう。

「萌乃〜〜‼」

出迎えに行こうかと思ったら、凪があっという間に息を切らせながらリビングに現れた。

「早いな。今迎えに行こうと思ってたのに」

「だって玄関開けたらすごくいい匂いがしたから。待ちきれなくて」

キッチンにやってきた凪が、フライパンの蓋を取り中を覗《のぞ》いている。

「おお、ハンバーグ‼　美味そう〜！」

「温めるから、その間に準備してきて〜」

「萌乃。その前にちょっといいかな」

凪がキッチンを出て、リビングのソファーに移動しながら手招きをしている。

「うん。なに？」

ソファーに座った凪の隣に座ると、彼が持参したバッグから封筒を取り出した。そこから出したものを目の前にあるローテーブルに置いた。

それは、婚姻届だった。

「…………えっ⁉　ど、どしたのこれ⁉」

籍を入れるなんて話はまだ一言もしていない。それなのになぜここに婚姻届があるのか。

混乱する私を前に、凪がふふっ、と微笑んだ。

「萌乃、同棲することをご両親にどう話そうか悩んでたみたいだから、俺も考えたんだ。どうすればご両親に同棲を承諾してもらえるか。で、考えた末出た答えがこれ。籍を入れちゃうのが一番いいかなと。結婚するって言えば、ご両親も安心でしょう？」

「いやあの、そう、かもしれないけど……でも、いきなりだと驚かせちゃう……」

「だから、今度の週末一緒にご両親にご挨拶に行こう。ちなみにうちの親にはもう話して

婚姻届
年 月 日提出
長殿
受理 年 月 日
送付 年 月 日
夫になる人
妻になる
よみかた
名
年 月 日

あって、いつ結婚してもいいよってOKもらってるから大丈夫」

「えっ⁉　話してある⁉　OKもらってあるって……」

また違った意味での爆弾発言に、頭がこんがらがりそう。

それ以前に、私はまだ凪のご両親がどういう方なのか、なにも知らないんだけど。

この展開に、頭を抱えずにはいられなかった。

「それでもさすがに挨拶に行かないわけにいかないよ？　凪のご両親ってなにしてる方なの？」

「うちは会社員だよ、二人とも」

へー、とスルーしてしまいそうになるけれど、どんな仕事をしているのか聞いたら両親とも大企業に勤務で、バリバリ理系の技術者だった。それを知り、凪がこんな感じに仕上がった理由がわかった気がした。

「萌乃のご両親は？」

「んー？　うちも父は普通の会社員だよ。母はパート勤めしてる……でも、いきなり結婚するって言ったらびっくりしそうだな……」

「萌乃」

凪が私の手を摑んだ。反射的に彼を見ると、真っ直ぐ見つめられる。

「俺、一生萌乃を大切にするし、応援する。あと、三食パンでも文句言わない。だから、俺と結婚してほしい」

　途中の三食パンのくだりで噴きそうになった。なんとも凪らしいプロポーズだった。

「さすがに三食パンはしないようにするけど。でも、嬉しい。……はい、よろしくお願いします……」

　頭を下げた途端、勢いよく抱きしめられた。

「ありがとう萌乃。愛してる」

「うん。私も……愛してる」

　抱きしめ合っていると、炊飯器が炊き上がりの音楽を奏でた。それに反応して、二人で顔を見合わせる。

「ご飯炊けたみたいだね」

「うん。じゃあ……夕飯にしようか？」

「そうだね」

　凪から離れてキッチンに移動する。ハンバーグをフライパンで温め、鍋に入っているソースも温め始める。

　温まるまでの間に皿にレタスなどの野菜を盛り付けておく。

「うわー、なんか豪華だね。もしかして、俺がプロポーズするの予測してた？」

「凪が食べたいって言ったんでしょーが。それにまさかプロポーズしてもらえるなんて思わなかったよ。……あ、そうだ」

あるもののことを思い出し、冷蔵庫に向かう。

「食後のデザートもあるの。ほらこれ、苺《いちご》のクロワッサンサンド」

プラケースに入ったクロワッサンサンドを凪に見せる。すると、「うわ、なにそれ！」と食いついてきた。

「うちのクロワッサンに切り込みを入れて、中にホイップクリームとカスタードクリームと苺を入れたデザートクロワッサンなの。大きいから、半分にして食べようよ」

「いいね！　すげーうまそう！」

パンがきっかけで仲良くなった私達に、やっぱりパンは欠かせない。

ハンバーグを食べたあとはデザートのパンを食べて、心もお腹もしっかり満たされた私達なのだった。

あとがき

以前こちらのレーベルで肉好き女子の話を書かせていただいたことがあるのですが、今回はパン好き女子のお話となりました。ヒロインがパン好きなのはいいけれど、それでどうやってヒーローと出会うのかで少々悩みました。ヒーローを最初からお店に通わせるのもありかと思ったのですが、そこはやはりヒロインに影響されてからのほうがいいか、と思い直した結果このように仕上がりました。読みながらパンも食べたい！　と思ってもらえたら嬉しいです。ちなみに私は書いていてカレーパンが食べたくなりました。

今作に関わってくださった皆様に、心から感謝を申し上げます。

イラストを担当してくださったのは黒田うらら先生です。黒田先生にはデビュー作の表紙を描いていただいたことがあり、今回先生が描いてくださることを聞いてとても嬉しく思いました。黒田先生、今回も素敵なイラストをありがとうございました！

最後に読者の皆様いつもありがとうございます！　またどこかでお会いできますように。

加地アヤメ

凄腕IT社長は、初心な女子を囲い込んで独占したい

Vanilla文庫 Miel

2024年9月5日　第1刷発行　　定価はカバーに表示してあります

著　作　加地アヤメ　©AYAME KAJI 2024
装　画　黒田うらら
発行人　鈴木幸辰
発行所　株式会社ハーパーコリンズ・ジャパン
東京都千代田区大手町1-5-1
電話　04-2951-2000（営業）
0570-008091（読者サービス係）

印刷・製本　中央精版印刷株式会社

Printed in Japan ©K.K.HarperCollins Japan 2024 ISBN978-4-596-71347-6